日记背后的历史

奥地利的皇后
茜茜公主的日记（1853-1855年）

〔法〕卡特琳娜·德·拉萨 著 朱媛 译

人民文学出版社
PEOPLE'S LITERATURE PUBLISHING HOUSE

著作权合同登记号　图字 01-2016-4650

Sissi：Journal d'Élisabeth
© Gallimard Jeunesse，2008

图书在版编目(CIP)数据

奥地利的皇后：茜茜公主的日记／(法)拉萨著；朱媛译.—北京：人民文学出版社，2016
(日记背后的历史)
ISBN 978-7-02-011638-6

Ⅰ.①奥… Ⅱ.①拉… ②朱… Ⅲ.①儿童文学-中篇小说-法国-现代　Ⅳ.①I565.84

中国版本图书馆CIP数据核字(2016)第095761号

责任编辑：甘　慧　尚　飞
装帧设计：李　佳

出版发行　人民文学出版社
社　　址　北京市朝内大街166号
邮政编码　100705
网　　址　http://www.rw-cn.com

印　　刷　山东德州新华印务有限责任公司
经　　销　全国新华书店等

开　　本　850毫米×1168毫米　1/32
印　　张　6
字　　数　84千字
版　　次　2016年6月北京第1版
印　　次　2016年6月第1次印刷

书　　号　978-7-02-011638-6
定　　价　23.00元

如有印装质量问题，请与本社图书销售中心调换。电话：010-65233595

序

老少咸宜，多多益善
——读《日记背后的历史》丛书有感

钱理群

这是一套"童书"；但在我的感觉里，这又不止是童书，因为我这七十多岁的老爷爷就读得津津有味，不亦乐乎。这两天我在读"丛书"中的两本《王室的逃亡》和《米内迈斯，法老的探险家》时，就有一种既熟悉又陌生的奇异感觉。作品所写的法国大革命，是我在中学、大学读书时就知道的，埃及的法老也是早有耳闻；但这一次阅读却由抽象空洞的"知识"变成了似乎是亲历的具体"感受"：我仿佛和法国的外省女孩露易丝一起挤在巴黎小酒店里，听那些平日谁也不注意的老爹、小伙、姑娘慷慨激昂地议论国事，"眼里闪着奇怪的光芒"，举杯高喊："现在的国王不能再随心所欲地把人关进大牢里去了，这个时代结束了！"齐声狂歌："啊，一切都会好的，会好的，会好的……"我的心都要跳出来了！我又突然置身于3500年前的神奇的"彭特之地"，和出身平民的法老的伴侣、十岁男孩米内迈斯一块儿，突然遭遇珍禽怪兽，紧张得屏住了呼吸……这样的似真似假的生命体验实在太棒了！本来，自由穿越时间隧道，和远古、异域的人神交，这是人的天然本性，是不受年龄限制的；这套童书充分满足了人性的这一精神欲求，就做到了老少咸宜。在我看来，这就是其魅力所在。

而且它还提供了一种阅读方式：建议家长——爷爷、奶奶、爸爸、妈妈们，自己先读书，读出意思、味道，再和孩子一起阅读，交流。这样的两代人、三代人的"共读"，不仅是引导孩子读书的最佳途径，而且还营造了全家人围绕书进行心灵对话的最好环境和氛围。这样的共读，长期坚持下来，成为习惯，变成家庭生活方式，就自然形成了"精神家园"。这对孩子的健全成长，以至家长自身的精神健康，家庭的和睦，都是至关重要的。——这或许是出版这一套及其他类似的童书的更深层次的意义所在。

我也就由此想到了与童书的写作、翻译和出版相关的一些问题。

所谓"童书"，顾名思义，就是给儿童阅读的书。这里，就有两个问题：一是如何认识"儿童"，二是我们需要怎样的"童书"。

首先要自问：我们真的懂得儿童了吗？这是近一百年前"五四"那一代人鲁迅、周作人他们就提出过的问题。他们批评成年人不是把孩子看成是"缩小的成人"（鲁迅：《我们现在怎样做父亲》），就是视之为"小猫、小狗"，不承认"儿童在生理上心理上，虽然和大人有点不同，但他仍是完全的个人，有他自己的内外两面的生活。儿童期的十几年的生活，一面固然是成人生活的预备，但一面也自有独立的意义和价值"（周作人：《儿童的文学》）。

正因为不认识、不承认儿童作为"完全的个人"的生理、心理上的"独立性"，我们在儿童教育，包括童书的编写上，就经常犯两个错误：一是把成年人的思想、阅读习惯强加于儿童，完全不顾他们的精神需求与接受能力，进行成年人的说教；二是无视儿童精神需求的丰富性与向上性，低估儿童的智力水平，一味"装小"，卖弄"幼稚"。这样的或拔高，或矮化，都会倒了孩子阅读的胃口，这就是许多孩子不爱上学，不喜欢读所谓"童书"的重要原因：在孩子们看来，这都是"大人们的童书"，与他们无关，是自己不需要、无兴趣的。

那么，我们是不是又可以"一切以儿童的兴趣"为转移呢？这里，也有两个问题。一是把儿童的兴趣看得过分狭窄，在一些老师和童书的作者、出版者眼里，儿童就是喜欢童话，魔幻小说，把童书限制在几种文类、有数题材上，结果是作茧自缚。其二，我们不能把对儿童独立性的尊重简单地变成"儿童中心主义"，而忽视了成年人的"引导"作用，放弃"教育"的责任——当然，这样的教育和引导，又必须从儿童自身的特点出发，尊重与发挥儿童的自主性。就以这一套讲述历史文化的丛书《日记背后的历史》而言，尽管如前所说，它从根本上是符合人性本身的精神需求的，但这样的需求,在儿童那里,却未必是自发的兴趣,而必须有引导。历史教育应该是孩子们的素质教育不可缺失的部分,我们需要这样的让孩子走近历史、开阔视野的人文历史知识方面的读物。而这套书编写的最大特点,是通过一个个少年的日记让小读者亲历一个历史事件发生的前后,引导小读者进入历史名人的生活——如《王室的逃亡》里的法国大革命和路易十六国王、王后;《米内迈斯:法老的探险家》里的彭特之地的探险和国王图特摩斯,连小主人翁米内迈斯也是实有的历史人物。每本书讲述的都是"日记背后的历史",日记和故事是虚构的,但故事发生的历史背景和史实细节却是真实的,这样的文学与历史的结合,故事真实感与历史真实性的结合,是极有创造性的。它巧妙地将引导孩子进入历史的教育目的与孩子的兴趣、可接受性结合起来,儿童读者自会通过这样的讲述世界历史的文学故事,从小就获得一种历史感和世界视野,这就为孩子一生的成长奠定了一个坚实、阔大的基础,在全球化的时代,这是一个人的不可或缺的精神素质,其意义与影响是深远的。我们如果因为这样的教育似乎与应试无关,而加以忽略,那将是短见的。

  这又涉及一个问题：我们需要怎样的童书？前不久读到儿童文学评论家刘绪源先生的一篇文章，他提出要将"商业童书"与"儿童文学中的顶尖艺术品"作一个区分（《中国童书真的"大胜"了吗？》，载2013年12月13日《文汇读书周报》），这是有道理的。或许还有一种"应试童书"。这里不准备对这三类童书作价值评价，但可以肯定的是，在中国当下社会与教育体制下，它们都有存在的必要，也就是说，如同整个社会文化应该是多元的，童书同样应该是多元的，以满足儿童与社会的多样需求。但我想要强调的是，鉴于许多人都把应试童书和商业童书看作是童书的全部，今天提出艺术品童书的意义，为其呼吁与鼓吹，是必要与及时的。这背后是有一个理念的：一切要着眼于孩子一生的长远、全面、健康的发展。

  因此，我要说，《日记背后的历史》这样的历史文化丛书，多多益善！

2013年2月15—16日

1853年3月2日

今天，我决定开始写日记了。这个念头是因为我的姐姐奈奈而起的。她觉得我脾气有点太冲动，太急躁。她经常对我说："你就像一个小火山一样。"我应当承认她的说法是对的：当我伤心的时候，我会哭得像个罪人；高兴的时候，又会放开嗓子哈哈大笑；不同意某人的看法时，我会用我知道的所有鸟类的名字（我可知道不少哦）来称呼他。奈奈对我说，这样可不行，一个受过良好教育的年轻女孩子说话不应该提高嗓门，她应当了解一点政治，但不能直截了当地表达自己的观点。别人和她说话时，她要回以礼貌的寒暄，并且谦虚地垂下眼睑。奈奈建议我将自己的情感、想法写在一个本子上，而不是冲着别人瞎嚷嚷。奈奈说得有道理。我能有这样一位完美的姐姐，时不时地给我提这么好的建议，真幸运啊！而且，她绣花绣得和仙女一样好，还会跳舞，弹琴的时候就像一位天使，能说一口流利的法语。法语可是一门不可能学会的语言啊，有那么多不规则的动词，我一想到这个头就疼。

可是，奈奈也不是完人，她也有弱点——她对于骑马一点天赋也没有。而骑马恰恰是我的强项。我迫不及待地等着天气晴好的日子，和我的弟弟普山一起骑马奔进树林子里。跑得飞快的时候，我们会情不自禁地大喊"乌拉"，或者放开喉咙唱起蒂罗尔[①]的民歌。回家的时候，因为我们浑身都沾满了泥巴，就悄悄地走仆人的楼梯进屋。普山是查理·特奥多尔的小名，而奈奈的大名叫海伦。我呢，叫伊丽莎白，他们都叫我茜茜。马蒂尔德的小名叫莫娃诺，小马克斯-艾玛纽埃尔的小名则叫玛贝尔。我还有一个大哥路易，两个妹妹玛丽和苏菲。而妈妈，我们都叫她咪咪。我还得说说我们的女仆娜奈尔，她在我心里的地位很重要，她住在我们慕尼黑宫殿最高一层的一个小房间里，就是奈奈和我的房间之间。我们家族所有的小孩都是她抚养长大的，她也向我们保证，会一辈子

---

① 指奥地利西部地区蒂罗尔。

和我们住在一起。等她老了，就由我们来照顾她。我可喜欢她了，哪怕有时候她会稍稍惹我不高兴。哦对了，我可不想忘了我的家庭教师——沃尔芬男爵夫人。她的房间也和我们挨在一块儿，在最高层，就像官殿另一侧，我兄弟们也和他们的家庭教师挨着住一样。她是个很和善的人，花了很多工夫教导我，可收效甚微，这我得承认。我最好的朋友叫伊莲娜·波姆加滕，今年夏天在巴伐利亚乡下我家的波森霍芬城堡里我才能见到她。我们的波森霍芬城堡还有另外一个名字：波西城堡。

1853年3月12日

我的心情很糟糕。真的，发生这样的事情，谁的心情都不会好：爸爸一天都没有离开会客厅，一直在接待他的朋友，里面不时传出笑声和音乐声。与此同时，咪咪在楼上的房间里，为照顾患支气管炎的玛贝尔，急得手足无措。从昨天晚上开始，她就一刻不离地在床边陪着他，给他搽樟脑软膏，还为他调制各种膏药。今天傍晚，她略感欣慰地对我们说，玛贝尔的高烧终于退了，能喝一点汤了。这时候爸爸出现了。他丝毫没有察觉咪咪紧张的神情、疲惫的脸色，只是对她说他要在下周举行一次盛大的接待活动。我们家六个舞厅要用蜡烛照得灯火通明，到处都要有绿色植物装点，要邀请音乐家来助兴，还要安排一场叫人叹为观止的冷餐会。妈妈应该戴上她最漂亮的珠宝首饰，让整个慕尼黑都为她的雍容华贵而惊叹不已。说完这些话，他就去试骑那匹刚买来的马了。普山气得话都说不出来。我也很气愤：做人怎么能这么自私呢？我奔上顶楼，进了自己的房间，用力打开窗户，窗扇都撞到了墙上，我将我的那些珍珠首饰——虚荣的象征——一股脑儿全扔到了花园里。我永远都不要参加那种化装舞会了。奈奈应该听到了响声，她轻轻地走进我的房间，听我说话，然后她一边轻柔地抚摸我的头发，一边说："男人都是这样的，千万不要怨恨他们。作为女人，我们不得不委曲求全。"

不，我永远都不会委曲求全。

1853年3月24日

爸爸妈妈今晚在接待宾客。玛贝尔的身体现在已经完全康复了。他和马蒂尔德，也就是莫娃诺，还有苏菲一起，躲在帷幔后面，偷偷地观察那些从我家宏伟的楼梯走上来的客人们。随后，他们三个会跑到前厅，去挨个试戴女士们的帽子，或者溜到地下厨房去偷蛋糕吃。

我嘛，我已经不参与这种小孩的恶作剧了，可是我年纪还不够大，不能像姐姐奈奈一样出去见客，以光彩照人的形象出现，成为宾客们注目的焦点。

不管怎样，我没有什么心思去消遣取乐。此刻，我的心情很忧郁：我有一个情人，他叫理查德。他是伯爵，在我父亲的军队里效力。每天，他操练完毕回家的时候，我都可以看见他。每次，他骑着马经过我家的门廊，总会倾下身子，把什么东西塞进我手里：他的肖像画，或者一封情书，等等……我们通信已有好几个星期了，就只是写信，几乎没有说过话。有一天，我像往常一样守候他到来，却看到领着部队经过的是另一个人。我感到十分忧伤：理查德去哪里了呢？我在伊萨尔河边骑马散步的时候将这件事告诉了路易。他皱紧了眉头，说道："那个轻浮的小子？一个不知从哪儿冒出来的小伯爵，还妄想能攀上公爵的女儿！妈妈下了命令，把他派驻到波兰去了，得挫挫这小子的锐气……他竟然还有胆子送肖像画给你！"

我平时挺喜欢路易的，但这一天我却想扇他的耳光：他怎么心胸如此狭窄？突然，我调转了马头，往家的方向奔驰而去。我再也不能忍受他了，我再也没法忍受任何人。回到家，我跑进自己房间，扑倒在床上，哭了好几个小时。后来，我写了一首诗。

1853年4月15日

我陷入了绝望：我的情人死了。娜奈尔有一个小姐妹叫吉塞拉，是理查德母亲的贴身侍女，她今天早上在洗衣池洗衣服的时候告诉了娜奈尔这个可怕的消息。他好像在波兰感染了一种非常严重的疾病，仅仅八天时间就去世了。

我扑到娜奈尔的怀里，两人哭成一团。

娜奈尔对我说："擦干您的眼泪吧！您的理查德，他在天堂里，和上帝在一起呢。来，我给您梳一个他喜欢的发型，把发辫盘在头顶，系上蓝色的丝带。"

我说道："娜奈尔，你怎么知道理查德喜欢我的蓝色丝带？"

她回答："吉塞拉在洗衣池那儿告诉我的……她还跟我要了您的几缕头发，好让他带到战场上去。他死时还将这几缕头发放在胸口,紧紧地攥着呢。"

这对痛苦万分的我来说是一种慰藉,仿佛我们的爱情一直都还在,哪怕死亡都没法把我们分开。我下楼去小教堂,和我的家人一起做弥撒,之后钟敲了八下。我们一起用了早餐。平时我很爱吃烤香肠,配上黑面包和啤酒。可是这一天,我一点儿胃口都没有。普山试图分散我的注意力,说道:"今天早上我出去了,伊萨尔河已经基本解冻了,春天来啦,我们马上就要出发去波森霍芬了。"

普山很清楚怎么能让我高兴起来。只要跟我说起波森霍芬,我的心情就会变好。我冲他笑了笑。他受到鼓励,便又加上一句:"今年,你会在斯塔恩伯格湖畔的赛马会上打败我吗?"

我回答他:"那是当然了!"

然而,哀伤还是继续在我的心头萦绕,沉甸甸的。

随后,每个人都去各自家庭教师那儿上课了。可怜的沃尔芬男爵夫人讲了什么,我一点都没听进去,我的心思不在学习上。接着,我还得上一节钢琴课。

最后，两点时，课业都结束了。我们所有人都和咪咪一起吃午饭。这之后，我就自由了，自由并悲伤着。

❀

1853年4月17日

我一直想着理查德。为什么当初我没有和他一起走？那样的话，我们可以一起死在战场上。现在我手里只剩下了一本线装的小册子，整个冬天，我在上面写满了给他的情诗。

1853年4月20日

半夜里我醒了：我家的城堡似乎像要融化一般，

到处都是轻微的水声，湿漉漉的，淅淅沥沥的，小水流沿着屋顶，顺着檐槽，流淌到地面上。我从床上跳起来，奔到窗边……借着月光，我看到一大团雪块从窗户跟前落下，重重地砸在地上，摔个粉碎。花园里，树木开始摇摇晃晃地摆脱沉重的白雪外衣：解冻期来了！真是太好了！普山说得对，冬天要离我们而去了……我在房间里高兴地蹦了起来：解冻期的到来意味着春天离我们不远了，春天来了就说明我们得去波西城堡了。再见了，慕尼黑！再见了，城市！马上我就可以在草坪上，山里，树林间自由奔跑了……这该有多幸福啊！我知道今天晚上我不可能再睡着了……

1853年5月2日

今天早上，在起床之前，我就收到一个惊喜：我听到了斑鸫悦耳的鸣叫，在其他鸟儿还没开始叫的时候，它就率先唱起了歌儿……随后，突然间，合唱音乐会就从周遭的寂静中爆发了……一千只鸟儿唧唧喳喳，啁啾鸣唱，分不清谁是谁，但我们知道所有的鸟儿都齐了：布谷鸟、乌鸦、红喉雀、喜鹊、黄鹂……我远远地望着它们，看它们在花园里盘旋飞翔，我真想自己也能飞，和它们一起飞到波森霍芬去。可是，突然之间，我又内疚起来，我责备自己不该这么快就把爱情的哀伤抛诸脑后。

1853年5月14日

后天我们就要出发去波西了。现在整座城堡都是乱糟糟的。管家指挥着仆人们跑上跑下，来回运着成堆的衣服。人们在马厩里忙着套好马匹，准备好五辆庞大的四轮双座篷盖马车，它们将负责把我们运去波西，其中两辆供我们大家庭的众多成员乘坐，另外三辆是用来运送行李和仆从的。每年我都为娜奈尔不和我坐一辆车而感到遗憾，她会唱好多好多歌，会讲好多好多故事逗我们开心。可是主人坐的马车里显然是没有女仆的座位的。我不清楚爸爸是和我们一起去，还是去另一座他买下的城堡——加拉肖森城堡。

我很希望他和我们一起去。让咪咪怒不可遏的是，有时候他会打断我们正在上的课，大声宣布："孩子们应该到大自然中去学习，而不是死啃书本！"然后就带我们去沼泽地里匍匐着观察野鸭或是探索野猪的巢穴。他对天文学也兴趣盎然。我们曾经和他一起观测星星，度过了多少难忘的夜晚啊！现在想起来我还觉得好开心。有一次，夜晚还比较凉，爸爸没有注意让我们多穿点衣服。可怜的咪咪拿着披巾到处找我们，最后终于看到我们仰躺在林中一块空地上，正在数流星。她赶紧冲过来，一边给我们盖上披巾，一边喊道："啊！什么人呢！什么父亲啊！上帝啊，你怎么赐给了我这么一个丈夫啊？"

就因为有他！我们在波西可是一点都不无聊呢！

1853年5月16日

我们终于来到了乡下！我累得都没有力气削鹅毛笔写几行字了。波西距离慕尼黑有28公里路程，我们需要一整天才能到达。天气那么好，所以尽管旅途漫漫，我也不反感。我坐在马车夫汉斯身边，他让我抓着缰绳独自驾车。他知道马儿认得我的声音，会服从我的命令，就像服从他一样。五分钟之后，我就看到他的脑袋垂了下来，鼾声阵阵：他那么信得过我，居然打起了瞌睡！我想起有一次正是在去波西的路上，我成功地将一辆狂奔的马车停了下来。那时，汉斯已经从座位上跌了下去。马儿都不听话了，拖着马车一路疯跑。我的弟弟们都吓得大哭。咪咪也大声哭喊。我把缰绳攥在手中，轻轻地抖动，轻柔地跟马儿说话，慢慢地，我把马儿的速度降了下来，它们又回到正常小跑的节奏了。咪咪为我感到自豪，不过她又情不自禁地忧从中来："将来我能给一个像马夫一样的女儿找到丈夫吗？"我一点都不想让她给我找个丈夫，可是我没告诉她。

1853年6月1日

我在波西的日子过得多逍遥呀！我爱风，我爱会变幻色彩的斯塔恩伯格湖，起先是蔚蓝，然后是碧绿，再然后就变成蓝绿交融，我也爱高耸入云的阿尔卑斯山。我喜欢每个人都能准确找到他原来的位置，就像从来没有离开过：我奔向马厩，男孩子们跑进他们的山间小屋或是在湖里戏水。娜奈尔胯上顶着木桶，去洗衣池洗衣服。去年我们白白地安装了自来水，她还是坚持去外面洗衣服，跪在地上，手浸在冰冷的河水里又搓又揉。她说这样洗对衣物比较好，但所有人都知道她主要是为了见她的朋友，没完没了地聊当地的八卦新闻。

咪咪戴了一顶草帽防晒，结果变成了农妇模样。她为了更舒适一点，穿了一条巴伐利亚风格的长裙。她通常会去花园照看她的玫瑰。咪咪的生活里有两件大事：一是照料她的玫瑰，二是把她的女儿们嫁出去。照料玫瑰是很简单的：除草，松土，浇水，剪去枯萎的花朵。相反，女儿们的婚姻大事却需要随时随地耗费心血：要在欧洲宫廷里清点适婚的年轻男子，这可不容易，必须是和我家门当户对的贵族青年，不能比我们地位低，也不能高太多，至于他们是否愚蠢、恶毒、秃顶、肥胖或是长疱疹，则关系不大。接下来，就要和他们的母亲建立联系，邀请她们来喝茶，参加舞会，收信件，写回信……咪咪对这种活动相当热心，但有时候她还是会托着头感叹："我结婚25年了，和你们父亲一起我受了多少罪啊！不！没人会知道的。"有人可能会批评她这种态度毫无逻辑可言。但是有必要在咪咪身上找逻辑吗？

等着吧，从数学意义上来说，奈奈是被瞄准的第一个猎物，因为她是大姐。玛丽、莫娃诺、苏菲和我，我们还太小，还没到让别人操心给我们找丈夫的年纪呢，上帝保佑！

1853年6月3日

在波西，我找到了一个同盟来逃避练习钢琴，他就是巴泰莱米。巴泰莱米是黑人，比我稍微大一点儿。他还是个小孩的时候，爸爸从埃及的奴隶市场上把他买了回来，一起买来的还有他的两个兄弟，雅克和马修。现在，雅克和马修是我们马厩里的马夫，而巴泰莱米是我们城堡里的仆人。巴泰莱米唯一的兴趣就是音乐。他一天到晚都在唱歌，只要一有空就用随处捡来的木头和铜片制作一些很棒的乐器。

昨天，我走进客厅的时候十分惊讶，我看到巴泰莱米坐在钢琴前，正在弹上个星期老师教给我的乐曲，弹得可好了。尽管他一点基本的乐理都不懂，但能原原本本地把老师教的曲子弹出来，弹得丝毫不差。当他发现我正在看他，他马上停了下来，双手合十，请求我不要说出去。他是个仆人，却胆敢踏入主人的圣殿，该当何罪啊！

我立刻安抚他，让他放心。我倒是想到了一个主意：以后就由他弹钢琴给别人听，我就可以去野外玩耍了。巴泰莱米对我的提议感到很兴奋，昨天这个计划就实施成功了。很简单，只要我们避开别人的视线，在灌木丛后面的窗户一进一出就能偷梁换柱了。

于是，今天早上，我就成功逃脱了每天例行的钢琴苦役,跑去看我的养鸟室了。我刚开始喂我的虎皮鹦鹉泰米斯,就看到树林子里有一个红点在向我这边移动。我走近前去,有点迷惑:这只奇怪的动物是从哪儿冒出来的?……接着我就笑出声来了:原来是个骑兵从花园的大路纵马驰骋而来,那个红点是他的护胸甲。就在这时,玛贝尔跑过来说:"骑兵穿着红色护胸甲,戴着奥地利宫廷军官的羽饰军帽。"

玛贝尔是不会搞错的。他对巴伐利亚这块地方所有的制服都有研究,是最权威的专家。他拥有大约一千个小锡兵,还花了好多时间,照着精巧的形象,给他们一一上色。

他非常激动,接着说道:"他带来一封给咪咪的信。他一到就说:'我只能把这封信当面交给巴伐利亚公爵夫人。'你等着,我再去探听一点别的消息。"

他就像一支离弦之箭似的窜了出去,我转身去喂我的鸟儿,心中不免有些许疑惑:奥地利来的信,应该是苏菲姨妈——咪咪的姐姐写来的。可是今天为什么她要如此隆重呢?"我只能把这封信当面交给巴伐利亚公爵夫人。"这哪是写信给亲妹妹的派头啊!

1853年6月4日

爸爸和咪咪将那位奥地利军官留下来吃晚饭。他给我们讲了一些维也纳的新闻。我们的表哥——苏菲姨妈的儿子——弗兰茨-约瑟夫皇帝陛下似乎最近逃过了一次暗杀：他沿着城墙根散步的时候，被人从身后袭击。幸亏有个女人看到了歹徒亮出的刀子，尖叫了一声，于是他转过身去。这个动作救了他的命：刀子擦过了他的大衣领子和军帽系带，周围的民众听到惊呼声纷纷聚拢来，制服了歹徒。行凶的好像是个匈牙利的民粹分子，他出此下策是为了报复自己的国家在混乱的革命后遭受的疯狂镇压。

军官斩钉截铁地说道："我们帝国对于那些想要独立的民族怎么严厉镇压都不为过。独立，他们知道什么是独立吗？他们就像生活不能自理的小毛孩一样！"

我看到爸爸皱起了眉头：爸爸怀着一颗共和的心，这种言论实在不能让他高兴起来。

咪咪感觉到了他的恼火。为了缓和气氛，她请我们的客人去客厅就座，品尝咖啡……可是客厅里，哪有落座的地方啊！像往常一样，咱家的狗狗们占据了每个座位。要把胖胖的施纳普尔赶下座位，它龇着牙，差一点就要咬我们的客人。幸好奈奈弹起了钢琴，弹了很久，紧张的气氛渐渐地在音乐中舒缓了下来。我忽然发现今天晚上姐姐表现得特别优雅端庄。她穿了一条蓝色缎面的长裙，露出肩膀，脖子上戴着咪咪的红宝石项链，光彩照人。为什么咪咪要把自己最漂亮的珠宝借给她戴呢？就为了这个素未谋面的军官吗？真奇怪……

夜幕降临了。礼貌道别之后，每个人都上楼睡觉去了。施纳普尔一直对失去座位耿耿于怀，一见军官站起来，就蹭地跃上座位，险些把军官给扑倒。咪咪急忙道歉，十分尴尬。咱们的客人到底是上流社会的人物，很有风度地站直身子，说道："请您别担心，这没什么……"可是当他的仆人掌着灯带他去卧室休息时，我清楚地听到他对仆人说："一帮乞丐！这些人养了一帮乞丐！"我觉得这话对我的父母很不

礼貌。还好咪咪没有听见！她对我们家的名誉可上心了！

1853年6月16日

今天下午，普山来看我了。他说："你答应过我去斯塔恩伯格湖里比赛游泳的。"他话还没说完，我就跑进自己房间，拉铃叫来娜奈尔，让她帮我穿上游泳衣。当然，普山在我之前就准备好了，他脱衣服可没那么复杂，没那么多搭扣、纽扣、丝带要解开。当我来到岸边的时候，他已经在河里戏水了。他冲我嚷嚷："你都干什么去了？我以为你不会来了呢！"

作为回答，我朝他泼水。男孩们没意识到这个情况：他们只要脱下长裤，换上一条轻便点的裤子就能去游泳了，而女孩子要在灯笼裤外面套上一条裙子，还要穿上长袖的短上衣。可是，尽管穿着这样累赘的行头，比赛游泳我还是赢了他。随后，我们游到了我们的小岛上，爬上我们的橡树。那里就是我们的王国，一个栽满绿树、鸟鸣盈耳的王国，这是只属于我们的王国。我开始憧憬:"我想要一辈子都呆在这儿。然后时不时地出去旅游一番,我要去埃及,甚至比埃及更远,我要像爸爸那样到处游历。"

普山凝视着地平线,沉浸在自己的遐想中,喃喃道:"我们要比爸爸走得更远,走得更快。我的朋友奥古斯特第一次坐火车,从莱比锡到德累斯顿,他花了一天都不到的时间,你能想象吗!"

为了让他高兴,我假装和他一样向往,随声附和道:"简直是奇迹!"

普山接着说道:"你能想象吗,这么长的距离竟然一眨眼的工夫就到了!那样的话,我们就能及时救援那些灾害的遇难者!各个领域的学者们就可以见面,相互交流他们的伟大发现了!"

我微笑了:"科学是你最喜欢的领域,就像音乐和戏剧是爸爸的最爱一样……"

"爸爸是个自私的人,只知道自己玩乐,"他嘟哝道,"我可不想模仿他,我要一个对别人有用的人生。"

忽然间,他的眼神变得十分坚定:"有一天,我会成为一名医生,你听到了吗,一名伟大的医生。"

我瞪大了双眼:"一位公爵,会成为一名医生!"

"没错,"他说,牙都挤得咯咯响,"史上第一位巴伐利亚公爵医生!"

然后,他又补充道,声音很低沉:"我啊,别人不会称呼我'殿下',而会叫我'医生'。我不需要别的什么头衔。"

我们回到了波西,脑袋里装满了最疯狂的梦想。

回到家时,玛贝尔在等我们,他很生气:"为啥你们不带我一起去?你们做什么都不带着我!"

我试图安慰他:"你还太小,不能游那么远的距离!明年,你就能和我们一起去了。"

玛贝尔急得跺脚:"不,我一点儿都不小了。你们太坏了,我不会告诉你们我的秘密的。"

普山耸了耸肩。小玛贝尔的秘密恐怕没有多重的分量吧。

这个充满蔑视的动作激怒了我可怜的弟弟。他大吼大叫着跑开了:"我的秘密,就是奈奈要嫁给奥地利皇帝了!"

那一刻，我们没有在意他的话。然而，傍晚时分，我回过头去想那句话："奈奈要嫁给奥地利皇帝了！"为什么他要说这个？这不可能是他捏造出来的……一丝疑惑渗入我的心底。奈奈不会嫁到奥地利这种离我们那么远的地方的。她会难过死的。

1853年6月20日

波姆加滕一家来拜访我们了，我又见到了我亲爱的朋友伊莲娜。久别重逢，我分外高兴。她还是那么有趣，那么不拘一格。她坚持要参观我们的新浴室，没完没了地将水龙头打开又关上，她没见过这种可由自己控制的自来水。她还直愣愣地盯着墙上画着的小鸟，似乎有什么要求要提出来。最后，她打定主意说道："我想要……试用一下洗手间。"

我笑着向她展示了怎样冲水。她出来的时候满脸兴奋，说："有了这个设备，仆人们就没有活好干了。"我说："有了这个设备，仆人们就能把精力用在比倒夜壶更有趣的任务上面了。而且，他们自己也能用，感到很高兴。"伊莲娜倒抽了一口冷气："你们给仆人也安装了这种设备！不！不可能……哦，你们哪！"

"为什么不呢？"我反驳道，"他们也有权利享受舒适的生活，和我们一样。"

接着，我们去了马厩。我可怜的朋友又受到了打击：她看到雅克和马修的时候尖叫出声。每次她都会重复同样的话："哦对，你已经跟我说过了，他们是受过洗的，是和我们一样的基督徒，尽管他们是黑人……好吧，对此我也无能为力，我……他们叫我害怕……"

咱们得原谅伊莲娜：她从来没有去过比巴伐利亚更远的地方，巴泰莱米和马修也许是她见过的仅有的黑人。我以后得送给她一个黑人国王去马槽朝拜初生耶稣的模型。这样，她就会明白黑人从一开始就是伴随在我们伟大的主身边的。

可怜的姑娘！每次巴泰莱米牵着雪儿走近她，她就浑身发抖。雪儿是一匹性情温顺的小母马，很适合伊莲娜骑。

她叹了口气："要是我们能像男孩一样跨坐在马上，我就会觉得稳当多了。"

"别做梦了，我们不是男孩啊！"

然后我们就出发去散步了。我们骑马信步走在树林里，远离一切，远离喧嚣，远离尘世。我们还惊喜地看到一只母狐狸和她的幼崽在林间空地上嬉闹玩耍。我们仿佛置身于天堂中，但愿一直流连不去……

我们沿着湖边小路回去的时候，天差不多都黑了。

我恋恋不舍地离开了伊莲娜。每次离别都让我心情郁闷。我闷闷不乐地上楼去自己房间，碰上了普山。莫娃诺和玛贝尔笑得都岔气了：好像波姆加滕全家都非要用过我们的厕所才罢休！

奈奈要结婚的事情让我很担忧。我要再和普山说说这件事。说不定他能探听到更多的消息。

1853年6月22日

我的虎皮鹦鹉泰米斯在孵蛋了！我满心欢喜，要去告诉奈奈，我在客厅里找到了她，她和咪咪在一起。见到我进来，她们停止了谈话。显然，她们对我带来的新闻一点都不感兴趣。奈奈只是对我身上那条撕破了的围裙批评了一句："下次，进客厅的时候，尽量穿得体面一点。"

奈奈这时候穿着什么衣服呢？通常，她不会这么高傲地跟我说话的。

1853年6月23日

在波西，他们有什么事瞒着我。咪咪和奈奈一直在开秘密会议。比方说此刻，我从窗口望出去，看到她们俩坐在花园的长凳上。我寻思着她们到底在说什么呢？难道玛贝尔说的是真的？

突然，我回想起那个来我家拜访的可笑的军官：

难道他来我家是为了替奥地利皇帝向奈奈提亲的？不，我不敢相信。

1853年6月26日

我把这事说给昨天过来的伊莲娜听，她不以为然地耸耸肩膀，说道："你还记得我弟弟路易吗？他也老是闲得无聊编一些故事来寻人开心！众所周知，你的苏菲姨妈十分看重他的儿子，简直把他当作神来看待。她何必要在巴伐利亚乡村给他找个媳妇呢？至少得要国王的女儿才能配得上他！"

这些话让我稍稍放下心来，我也很高兴，伊莲娜现在能平静地谈论她的弟弟路易了。她弟弟去年不幸夭折，当时她简直痛不欲生。我写了一些纪念路易的诗给她寄过去。如今，她能回忆她弟弟性格上的一些小细节了。真好！她开始从失去亲人的悲痛中恢复过来了。我们去看了我的养鸟室，泰米斯正在尽心尽力地孵蛋。随后，伊莲娜又再一次提出要参观我家的卫生间。特别是浴缸，让她惊讶得目瞪口呆。她盯着浴缸看了好久，然后提了一个十分荒唐的问题："你是脱光了衣服泡澡的吗？"

我扑哧笑出声来：当然不是咯，我才不光着身子泡澡呢！我给她看了我长长的泳衣，这衣服能把我从手腕到脚踝裹得严严实实的。她觉得我这种现代的泡澡方法很有意思。她要去说给她的母亲听。在她家里，都是站在一张洗浴桌前洗澡的，旁边站着仆人，把水淋在手上，然后是臂上……

最后，伊莲娜给我出了个主意：光着身子泡澡应该会很有趣。我想试一试。不管怎样，遮羞是不成问题的：不管穿不穿泳衣，总有一道屏风竖在浴缸前面。

1853年6月27日

今天晚上，当娜奈尔帮我脱衣服的时候，我问她道："你，你相信奈奈会成为皇后吗？"

娜奈尔停顿了一下，直截了当地说："将成为皇后的不是您的姐姐，而是您。"

我惊得目瞪口呆:"娜奈尔,为什么你这么说?"

"因为您出生时就长着一颗牙,小姐。您出生的时候我在场,是我给您洗出生浴的。"

为什么出生时长着一颗牙的人就必须要成为皇后呢?娜奈尔的逻辑真难理解。我没有再说什么,一边上床睡觉,一边想着我真是生活在一群疯子中间。

1853年6月28日

玛贝尔说的是实话。他无意中听到了我父母在奥地利军官离开后的谈话:奈奈要嫁给奥地利皇帝了。咪咪今天早上在餐桌上向我们宣布了这件事。苏菲姨妈——咪咪的姐姐选择了奈奈作为自己儿子弗兰茨-约瑟夫的新娘。奈奈要做皇后了!我的姐姐要做皇后了。我听到这个消息,仿佛被雷劈了一下。我的家庭要开始分崩离析了吗?奈奈能习惯那种和我们现在的生活完全不同的日子吗?我一无所知……

在奈奈待嫁期间，我有了个主意：我可以帮助她，教她骑马。有一次，她的马在障碍前炮了下蹶子，她吓坏了，被掀下马，落到了灌木丛里。幸好，她只是有几处轻微的挫伤，可是对于一位未来的皇后来说，这是多么有失尊严的事情啊！想象一下，这样的突发事件假如在宫廷的某个正式仪式上发生的话……我简直想都不敢想！

我会重新搞定这事的：从明天开始，我们会骑着我的马阿加克斯，在湖边短时间地散步。我会和阿克斯说，他应该帮助奈奈适应她将来的皇后角色。苏菲姨妈的选择对我们家来说是莫大的荣耀。奈奈要勇敢面对，而我们每个人都有责任帮助她，哪怕是阿克斯也不例外。

1853年6月29日

各种事情接踵而至：下个月，弗兰茨-约瑟夫皇帝要在巴德伊舍庆祝生辰。奈奈也就有机会可以见到她未来的未婚夫了。妈妈想带我一起去，好让我熟悉一下宫廷礼节。这样,我就可以去去野气,妈妈如是说。对这趟旅行我并不反感。我可以重新见到我的表哥查理-路易了,我几年前在因斯布鲁克遇见过他。我很喜欢查理-路易。他经常给我写信,给我寄一些礼物:一只手表,几块巧克力,一些糖果,一枚戒指,一个手镯。有时候,我写信对他表示谢意,有时候我会忘记。对了,我得去找到上次他给我的那枚戒指。去巴德伊舍的时候我得戴上它。他会很高兴的。可是,糟糕的是,我压根就不记得把它放在哪儿了……有可能和彩色铅笔放在一块儿了。今晚上我得去好好找找。这会儿我的首要任务是教奈奈骑马。她很用心地在学,这是毫无疑问的,但坦率地讲,她连初级水平都还没有达到。她在马鞍上瑟瑟发抖,还没有学会正确的坐姿。可怜的奈奈!她要承担起的角色有多么难啊!反正,假如她以此为自己的使命,那么总会学得有模有样的。而我,我已经好好想过了:我的使命是马戏团的演员。

1853年7月3日

觐见皇帝的大日子临近了。奈奈忙得没有一丝空闲：被裁缝围着试衣服，上地理课、历史课、外语课。要成为皇后得学多少东西呀！我可不想和她一样。

在这段时间里，我倒是落得个清闲。真幸运呀！上午，我还是去沃尔芬男爵夫人那儿上课，有时我让她很头疼，因为我老坐不住，不停地动来动去，跑来跑去，跳来跳去。没人能让我静止不动。对我来说，铅笔只是用来写诗和信手涂抹的。我不是个循规蹈矩的乖孩子，唉！

到下午2点，男爵夫人的万分痛苦的课终于结束了。我解放啦！我飞奔到花园里去看我的阿加克斯，或者去照看我的鸟儿们。泰米斯的蛋啥时候能孵出小鸟呀？应该是时候了吧。

1853年7月7日

我舍不得离开奈奈。我希望她在维也纳没有我们的陪伴，不要感到太失落。只要她的新家庭能对她好！弗兰茨-约瑟夫皇帝，他长什么样呢？几年前我曾见过他一面，但几乎没什么印象了。我不禁怨恨他将姐姐从我身边带走。他一定要对她很好才行！

1853年7月15日

爸爸跟我们说他不和我们一起去巴德伊舍了。他借口说要履行他巴伐利亚公爵的职责。大家都明白：其实，他只是讨厌苏菲姨妈罢了。有一次，她拒绝向爸爸最好的朋友律师肖斯和建筑师加尔致意，就因为他们不是贵族出身。从那时候起，爸爸就不待见她了。当她知道我们会在家里接待平民，她吓得面如土色。结果，爸爸干脆带她去参观了他在我们慕尼黑城堡里建造的马戏场。更有甚者，他告诉她下一场演出他将扮演一号小丑的角色。巴伐利亚公爵居然扮起了马戏团里的小丑！苏菲姨妈差一点就昏厥过去了。她几乎没和我们道别就启程返回了维也纳。她走了，我们倒是松了一口气。只有咪咪担心得夜不能寐：天知道苏菲姨妈回去会在维也纳宫廷里把我们说成什么样！肯定会流言四起，我们家族的名誉将毁于一旦，几个女儿的婚事可如何是好啊……结果因为有了迎娶奈奈的提议，一切都顺利解决了。

我觉得爸爸抱着共和主义的观点赞成或反对一切是很有道理的。他甚至还用方塔苏斯的笔名（这名字很符合爸爸的形象）在慕尼黑的一份报纸上发表文章，阐明他的立场。如果警方知道作者是巴伐利亚公爵的话，肯定是一桩丑闻啊！为了嘲笑控制着书籍、演出、报纸杂志的新闻审查制度，他在自己的文章中间留出整页整页的空白，然后写上："经审查删除。"他的朋友们笑得眼泪都流出来了。

我么，我像爸爸，我也是赞成共和国的！

1853年7月20日

我在客厅的书架上发现了海涅的诗集。真是振聋发聩！令人目眩！我怎么会活到现在才发现这样一位天才呢？我要把他所有的诗都背下来。我带着他的诗集去乡下，坐在草地上默默地诵读，念给我的鸟儿听，也念给我的马儿听。

1853年7月22日

咪咪希望我也跟奈奈的舞蹈老师学几节课。于是，我从前天开始学起了舞蹈。我开始了解华尔兹、沙龙舞的节奏，也多少会跳了一点。对于波尔卡，我可以跳得不亦乐乎。我爱死了这种蹦蹦跳跳的轻快节奏。这让我想起咱们巴伐利亚的民间舞蹈。我一旦开始学，就停不下来了。

在舞蹈课快结束的时候，我们学习了如何行宫廷里的屈膝礼，以后见了咱们的表哥弗兰茨-约瑟夫皇帝就得这么行礼。概括地说就是：首先，左腿后退一步，同时小心不要踩到裙子。然后就像在教堂里一样微微屈下双膝，接着弯下背脊和颈项，要弯得低低的。奈奈能将这个姿势保持5秒钟，而我往往很快就起身了。好吧，我还要在自己房间里多加练习。

这次行了，我相信我成功地保持住了这个姿势，这个著名的屈膝礼。我终于能安安静静地睡觉了。不管怎样，我也用不着担心：到了那一天，皇帝的眼睛只会停留在奈奈身上，又不会看我。

1853年7月27日

今天，我帮着娜奈尔给奈奈设计了一款最美的发型，是她首次觐见皇帝时要梳的。最后，我们达成一致意见，在鬓角处结出一串发圈，然后用一个常春藤环挽到脑后。用常春藤环的主意是我出的。

然而，在用卷发铁棒的时候我脑袋就没那么灵光了：烙铁温度过高了，导致奈奈一缕头发的末端被烧焦了，一股类似烤鸡的香味弥漫在房间里。幸运的是，没有造成其他的损失，我总算没把她的脸也烫伤！不过我还是惊魂未定。奈奈原谅了我，但自此之后，她就明确拒绝我为她提供服务。她还特别恳求我在巴德伊舍要安分守己一些。我可是个无所不能的捣蛋鬼，她对我如是说。我听从了她的建议，向她作了保证。我会安分下来，会比一只小老鼠还不起眼。

她稍稍放心了些，就给我看那条她打算在觐见陛下时穿的裙子。多么华贵的裙子啊！丝质面料，银线刺绣，一簇簇玫瑰花的装饰……她将穿上和裙子相配的靴子，戴上珍珠首饰。娜奈尔会把这些衣饰小心翼翼地包起来，去面圣途中她会坐在我们后面的马车里看管好衣物。

❀

1853年7月28日

今天我有两个好消息：

我不在家期间，巴泰莱米会照看我的养鸟室。他很会照顾动物，所以一切都会顺利的。

爸爸偶尔听到了巴泰莱米弹钢琴，惊叹于他的音乐天赋，决定雇用他进入自己马戏团的交响乐队。我们马上要准备一档演出……这次我和阿加克斯会一同登场！我等不及要回来展开排练了。这场演出将开启我马戏团骑士的神奇生涯。

1853年8月5日

昨天，我们去参加了一个年迈亲戚艾玛姑妈的葬礼。葬礼总会让我满心哀伤。我全神贯注地和众人一道唱着哀歌：天堂的天使们，快来接引这灵魂，陪伴她到上帝的座前。

不，最后，歌声竟然变得充满了欢乐。我们那漂亮的巴洛克风格的教堂有非常繁复美丽的装饰。我仿佛看到所有的金色小天使都从柱子上翩然而下，我想象着他们正在接引艾玛姑妈。当然，她已经丢掉了拐杖，蹦跳着跟随天使们来到上帝的座前。

在此期间，全家都着丧服一个月。我觉得穿黑衣服也没什么，可是奈奈感到很厌烦。她觉得黑色让她的气色看起来很坏。

1853年8月15日，上午

多么刺激的冒险！多么难忘的一天！我一辈子都难以忘怀：

今天一大早，咪咪、奈奈和我坐着四轮马车出发了。我们还带着一个新雇用的管家。她叫罗蒂小姐，她张口闭口都是喋喋不休的训诫："伊丽莎白小姐，走路时要姿态优雅，步子要小……您要对得起您父母对您的教育……"每次只要她一用这种口气说话，我就往树林子里跑。可是坐在车里，就没法躲开她了。而且，咪咪和奈奈两个人都得了严重的偏头痛。在我看来，她们已经在为觐见皇帝感到紧张了。我么，我什么都不想，一个劲地欣赏车外的风景。在驿站，我终于可以暂时摆脱罗蒂，下车去帮车夫给马喂水。我还在水桶里把手绢打湿，敷在可怜的奈奈的额头上。一般来说，凉水可以缓解她的头痛，但这一次，显然这一招不管用。她问了我好几次："告诉我，我的脸色是不是很难看？只要娜奈尔没有忘记把我的腮红带来，我还可以上点妆！"

我尽力安慰她："不难看啦！你用不着腮红就能让皇帝眼前一亮的。"

"是吗？真的吗？你确定？"她一遍遍地问我。

最后我们到达了巴德伊舍，下榻在奥地利公馆，房间是之前就预定好的。令人着急的是，那辆载着行李的马车没有跟上来。我们看不到它。奈奈急得绞着自己的手说："我要穿着这条可怕的黑裙子去和皇帝见第一面了！天哪，娜奈尔还不在这里！只有她才会给我梳合适的发型！"

这时候，苏菲姨妈来了。当得知我们没有任何东西可以打扮的时候，她发火了，她指责咪咪不负责任，粗枝大叶："事情如此重要，你难道不能事先安排得更妥当一点吗？看看你的女儿！她穿成这样像什么样子啊？"

奈奈已经处于崩溃边缘了。咪咪低下了头，十分窘迫。没有什么比我母亲在她姐姐面前这种屈服的态度更让我恼火的了。幸好我另一位姨妈——普鲁士的爱丽丝出面缓和了一下气氛："苏菲，把你的贴身侍女借给侄女儿吧，她很乖巧，会把事情安排得妥妥帖帖的。"

罗蒂说她也可以帮忙，奈奈和她，还有咪咪、爱丽丝姨妈、苏菲姨妈和抱着一大堆刷子、梳子、卷发夹、饰带的贴身侍女一道走了。因为没有人来管我，于是我在自己房间里默默地梳妆打扮。我结好发辫，按照巴伐利亚的流行发型在颈项上方盘成发髻。大家都说这个发型很适合我。现在，离进宫觐见还有一点时间。我也不知道做什么好，就索性写起了日记。我希望待会儿对奈奈来说一切都顺顺利利的。她太紧张了，连我也被这种情绪感染到了。

1853年8月15日，下午

发生了什么事情？我一点儿都不明白，我不清楚我置身于何处。我得重新回想一下今天下午发生的事情，试试能不能理出个头绪来。

那时奈奈从她房间里走出来，俨然是一位尊贵的未来皇后。我悄悄地对她说了一句："你看上去棒极了！"然后我感觉到她稍微放松了些。我可没说谎：她确实美丽大方，苏菲姨妈把珠宝借给她戴，她就像太阳一样光彩照人。我们下楼去客厅喝茶。咪咪这位堪称完美的上流社会女士，在皇帝、她的侄子面前行了一个屈膝礼。奈奈也无可挑剔地行了礼。接着轮到我了，我深吸了一口气，鼓起勇气开始行礼：第一，后跨一步，第二，屈膝，第三，深深地鞠躬。保持这个姿势，我数了整整五秒，没耍花招，然后才起身。我瞥到咪咪对我做了一个鼓励赞许的表情。哦，我终于解放了！我精神太集中，都没有看我表哥、弗兰茨-约瑟夫皇帝陛下。忽然间我们的眼神相遇了……

我僵直了身子，一动不动：他在微笑……我简直要羞愧死了……他是不是在嘲笑我？嘲笑我举止笨拙？我差一点就落荒而逃了……不，他不是在嘲笑我，那是一种温柔、热情的微笑……既阳光，又晦涩，有一些蓝色、氤氲的东西充斥其间……怎么说呢？……我找不到词汇来形容，整个人仿佛石化了一般杵在那儿。我们坐到桌旁，我不记得上了些什么吃的。我好像是坐在查理-路易身边，去年我和他通过几次信。他跟我说起什么……我都不记得了。餐桌的那一头坐着弗兰茨-约瑟夫，他目不转睛地看着我……这是什么意思？我都不敢转向他那个方向，我感觉自己的身体都麻木了，面前的茶点都没怎么动。我好羡慕奈奈，她在人群中举手投足都十分自如。而我，我就不习惯引起别人的注意。

这场下午茶吃了很久，最后咪咪借口旅途劳顿告辞离开了。上楼回到自己房间的时候，我感觉五味杂陈，既焦躁不安，又感到愉快，还隐隐有些担忧。我碰到奈奈，她要去看看咪咪。和我擦肩而过的时候，她偏过了头。

1853年8月17日

没有一件事朝着我们预料的方向发展。我试着去理解发生的事情……却怎么也看不透……一种未知的混乱侵入了我的心,就像一片迷雾隐去了所有的路标……这是一片幸福的迷雾,我在其中徒劳地寻找当初那个初来乍到巴德伊舍的茜茜。我仿佛是刚出生,刚刚睁开眼睛打量……这个陌生的世界?我没法将自己的情感理出个头绪来……弗兰茨-约瑟夫蓝色的目光一直在我脑海中浮现,我想要再见到他……可是同时又害怕见到他……这就是爱情吗?

我必须得一步一步地叙述今天发生的事,从最开头讲起……说不定这样一来就可以让我明白自己到底是怎么了。

事情一开始就挺糟糕的:中饭时刻,我正在大餐桌边找我的位子,罗蒂小姐用冷淡的语气对我说:"伊丽莎白小姐,请过来孩子们的小餐室里用午饭!"

我只得跟着她走,心里却是一肚子火。我居然被流放到隔壁的餐厅!敢情人家邀请我来是为了把我当下人对待?尽管满心不乐意,我还是坐了下来,决定把满脑子的抱怨吞进肚子里。就在那时,一位副官进来宣布:"皇帝陛下请伊丽莎白表妹同桌用餐。"

我得意洋洋地站起身,努力克制着不向罗蒂吐舌头。天知道我多么想那么做啊!

可是,紧接着,我就几乎要怀念和孩子们坐一起的卑微地位了:在大餐桌上,弗兰茨-约瑟夫正好坐在我对面……我不知道自己身在何处了……就好像别人突然把我丢到一个陌生的地方,抛入一个无底深渊……他一瞬不瞬地盯着我看……我一动都不敢动……就像前一晚一样,我都没法吃东西了,甚至连说话都开不了口。在宾客们妙语连珠的交谈声中,我肯定看上去像只呆头鹅。喝过咖啡,我就开溜了,我需要回过神来想一想,刚才脑中一团糨糊……我跑进树林,在田间来回踱步,独自一个人。我整个人都混乱了。我不明白自己是怎么了。当我回去的时候，奈奈已经在梳妆打扮。装载着我们行李的马车也终于到达了。

咪咪神情古怪地向我宣布："皇帝邀请你参加今晚的舞会。"

我不禁颤抖：我从没有料到过会有这样的邀约。再说，我也没有合适的舞裙。咪咪看出了我的为难，她马上伸出手，轻抚我的脸颊："别担心，我会帮你打扮，你会很漂亮的！"

她在我们的衣箧中找出一条奈奈的裙子，还比较适合我的身材，腰部很紧，裙摆就像热气球一样十分鼓胀。

在她给我穿紧身胸衣的时候，我对她说："教教我舞步吧，我怕跳不好。"

我们两个就在房间里排练起来。咪咪安慰我："你会跳得很好的，我相信你能玩得很尽兴！"

我可不像她那么有信心。

我们出发去参加舞会。好一个舞会！到处都是水晶玻璃吊灯，明亮的光线折射在女士们的首饰上，格外熠熠生辉……灯光徜徉在浑圆的珍珠、璀璨的宝石之间，也流淌过交错的胳膊、秀发和颈项……使者忙不迭地穿梭其间，手中的托盘上有各色糕点……我不知如何保持自如，害怕被自己裙子的裙箍绊倒，别人跟我说话时，我都不敢答话。谢天谢地，我的表哥查理-路易过来救我了。和他在一起，我感觉自在多了。查理-路易老是会逗我，他惊呼："看哪，去年还是我的小表妹，如今都出落成一位美丽的公主啦！"

我针锋相对地回敬："那我的大表哥呢，他变了吗？没有吧，我敢肯定跳第一支舞时他就会把我踩在脚下！"

"真刻薄！"他一边答道，一边拉着我跳起了令人头晕目眩的华尔兹。

接着，皇帝的副官来请我跳波尔卡。我不假思索就答应了，从最初的几个节拍起，我就被这种我喜爱的节奏给俘获了。我跳着，转着圈儿，将身边庄重的宾客都抛诸脑后。咪咪说得有道理，我开始玩得尽兴了。在这支舞快结束的时候，我忽然一动不动，屏住了呼吸……弗兰茨-约瑟夫就在对面，微笑着，就像

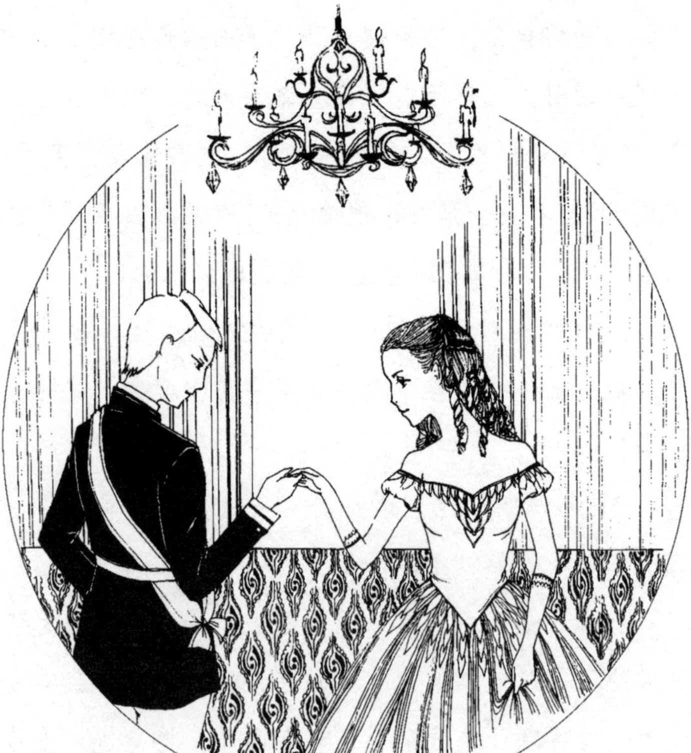

前一天我给他行过屈膝礼之后的表情，同样蓝色的微笑，飘忽不定，无法形容……忽然间，我都明白了：他派他的副官来邀我跳舞，是因为他自己想看我跳舞！天哪，我的舞步让人作何感想呀？

我还沉浸在思绪中时，听到一位上了年纪的伯爵夫人对她旁边的女士小声耳语："接下来是沙龙舞。皇帝终于也要加入跳舞了。他会选择哪位年轻姑娘呢？说实话，我真是迫不及待想要知道啊。"

"巴伐利亚的海伦。"那位女士回答道，"所有人都知道这桩婚事已经定下来了。这次就是正式宣布订婚了。"

这句话就像一把刀子插在我的心窝里。是啊，弗兰茨-约瑟夫要娶奈奈，是的，这桩婚事很早以前就已经安排好了。那么我在这里做什么？我是妹妹，是他们顺便带我来的。我想要逃离，太想逃开了，从这个准备已久的婚礼上逃走。

随后，令人不可思议的事情发生了：皇帝走到我面前，弯下腰："您能赏脸让我挽着您的手臂跳这支沙龙舞吗？"

我？茜茜？赏脸给奥地利的皇帝？我无法相信！不过，要是……我心里十分慌乱，感觉两膝发软，只有靠着墙才能不让自己倒下去……然后我回过神来……我握住了向我伸过来的手。乐团开始奏响最初的几个节拍。我羞怯地迈出舞步，一边跳着，一边努力回想舞蹈老师教我们的那些动作要领，跳跃，原地旋转，屈膝礼，手臂的动作，还有……我和我的骑士目光相遇了……他牢牢地圈住我……我再也无法离开他，除了我们俩，别的都不存在了。音乐加快了节奏，必须得踩着节拍跳跃，擦身交错，分开，拉手，放开，点头致意，又回到一起，然后重复同样的动作再分开……弗兰茨-约瑟夫，在这样叫人心醉的节奏中，是谁把我引向你的？我见到你还不过一天就已经再也离不开你。不多时，我就仿佛双脚脱离了地面，被卷进一个不真实的漩涡里，随波逐流。舞厅，侍者，宾客们都已远去，我脱离了人群，恍恍惚惚，被这场优雅的相遇迷醉了心神，只活在这股超越自己的激动心绪中，陶醉在这场名叫弗兰茨-约瑟夫的无边幸福里。

乐团悄然息声，沙龙舞结束了。我恨不得挖个地洞遁形：所有人都在盯着我们看！我浑身颤抖着，快速的舞步和激扬的情绪让我感到头晕，我不知身在何处，于是我倚在……是的，我倚在弗兰茨-约瑟夫的手臂上。这时，一个侍者给他奉上了一捧花，几十支鲜红的玫瑰，仿佛是一团熊熊火焰……这都是给我的！皇帝在众目睽睽之下把它们献给了我！

外面暴风雨倏忽而至，但也许还没有我内心经历的风暴那样强烈……紧接着，在敲打窗棂的雨声中一切陷入了混乱，宾客们在窃窃私语，弗兰茨-约瑟夫紧挨在我身旁……舞会结束了，宾客们都走了，仆人给我们送来了伞。在风雨中，人们都奔向自己的马车。我们向苏菲姨妈道了谢，弗兰茨-约瑟夫挽着我送我到马车里，我感觉到他手上的力量，我看出他不忍与我分别……现在我终于在自己房间里了，独自一个人，细细地回想和你——弗兰茨-约瑟夫相处的那些时刻，你才刚刚出现在我的生命中……我默默地等待你的出现而不自知……

✿

1853年8月18日，上午

我今天早上散了一会步回来，又拿起笔写日记。

昨天晚上，我刚刚睡下，就听到隔壁房间里有轻微的声响，我悄悄地走到半开的房门前……看到……奈奈睡在床上，满脸泪水，伤心欲绝……

刹那间，我回想起了昨晚舞会的场景，我一下子全明白了：奈奈活到现在都是为了成为皇后。我抢走了她的未婚夫，她的人生就要崩塌了。我浑身不住颤抖：我没有权利给她造成这么多痛楚，她是我亲爱的姐姐，我的小妈妈……我冲进去，抱住她，结结巴巴地说道："奈奈，我会把他留给你的，应该是你和他结婚，而不是我。婚礼那天，我会向你们扔两束鲜花，高声叫喊：'海伦皇后万岁！'然后我就回波西。"

她粗暴地把我推开:"你,滚开!滚开!我再也不能忍受你了,我恨你!"

她从来没有对我说过这么严厉的话。

但是我没有出去。我又说了一遍我会离开,如果她要我立刻走人我也会照做。她几乎是哭着回答我:"不,不,弗兰茨-约瑟夫会去找你的,他爱你,而我,他甚至连看都不看我一眼!所有人都见到了!"

接着她把脸埋在双手里:"我现在怎么办?别人把我当笑话看,羞辱我,我都没脸在社交场合出现了。所有人都会说:'看,这就是那个许配给皇帝的女人。结果,皇帝看上了她的妹妹。'我这辈子都得承受这样的非议!"

我们陷入了长时间的沉默,我无意去打破它,我的幸福使她沉浸在不幸里。必须得接受这个事实,不管是她还是我。我握起她的手,感觉到她稍稍平静了一些。最后,她喃喃道:"我不能埋怨你,事情就是这样。"接着她说:"帮我拆开这个繁复的发型吧,一整晚都压得我头疼。"

我十分耐心地帮她解开所有的发圈和发辫，取下发夹和饰带。随后，我们不约而同地双双跪在地上，一起祈祷，请求上帝为我们照亮未知的前路。后来我去睡觉了，又恢复了平静。我翻开祈祷书，重读了我十分喜爱的第139首赞美诗：

我的主，你探究我，你了解我。

无论我起身或是坐下，你了如指掌。

你对我要走的所有道路都一清二楚。

1853年8月18日，傍晚

今天发生了那么多事，一切都进展得那么快。今天傍晚，我感觉自己变成了另外一个人。小茜茜，那个陪着姐姐来到巴德伊舍的小姑娘已经消失了，我已找不到一丝痕迹，除了这本日记还记载了她的心路历程。

白天以一场散步开始，总是全家人一起去散步。我必须得要适应这种情况：不管我去哪儿，苏菲姨妈都无处不在，她总揽一切，发号施令，哪怕对她的皇帝儿子也指手画脚。事情就是这样。

在马车上,弗兰茨-约瑟夫坐在我旁边,在用午膳时也是一样。他握着我的手。他不时将我的手放在唇边吻着。噢!有谁曾这样让我心如鹿撞啊?和谁在一起时我曾感受过如此难以置信的幸福?现在,我不再犹豫了,我清楚我的位置永远都在那里了:在弗兰茨-约瑟夫身边。

我们两人心照不宣,彼此相爱,我们会结婚。这是一目了然,显而易见,再明白也不过了,我将分享他的生活。可是,要实现这一步得有那么多弯路要走!有那么多手续要完成!我还得明白这一点:弗兰茨-约瑟夫是一个讲究规矩和原则的男人。正因为这样,他才首先向他母亲,而不是向我宣布他要娶我。接着,他请求她将此事告知我的母亲。于是,身负重任的苏菲姨妈就去找咪咪,把这个消息告诉了她。总之,我这个主要当事人,一直都没有正式知晓这件事。不幸的是,或者说幸运的是,我也不知道该怎么说,苏菲姨妈从咪咪那儿打道回府时,碰到了那个罗蒂,忍不住透露消息给她:"今天晚上,路多薇卡公爵夫人会告知茜茜，皇帝将要和她订婚。"

罗蒂什么也答不上来，她赶紧跑来找我，把这些话原原本本地复述了一遍。照理说，我已经知道了，可还是哭成了个泪人，因为……其实我也不知道为什么……那一刻我哭个不停。今天晚上咪咪来看我，告诉我这个重大新闻时我还在哭。她问我："你觉得你能爱上皇帝吗？"

我想都没想就回答道："我怎么能不爱他呢？"

随后，咪咪写信给她姐姐，告诉她肯定的答复，说我愿意。接着，我根据她的口述，写了一封同意的信给苏菲姨妈，她会转交给她儿子。何必要这么多中间环节呢？我真想和弗兰茨-约瑟夫纵马驰骋，直到世界的尽头，就我们两个，没有别人，他，我，我，他……一直到永远。

1853年8月19日

我是在做梦吗？我真的成为奥地利皇帝的未婚妻了吗？今天早上，去做弥撒的途中，一位夫人把我指给她的女儿看，还和她嘀嘀咕咕地耳语了一番……小女孩瞪大了眼睛，仿佛是看到了圣母真人一样。在教堂门口，苏菲姨母，从不妥协的苏菲姨母，侧身让到一边，让我挽着她儿子的手臂先进入教堂。随后，事先已得到消息的管风琴演奏者开始奏响了皇室颂歌。弥撒结束后，弗兰茨-约瑟夫拉着我的手，带我来到神父面前。

"神父，请您为我们赐福，这是我的未婚妻。"

在教堂出口，有一大群人在等着向我们抛洒鲜花。用完午餐，我们又去散了一次步。傍晚，一阵冷风吹来，我打了个哆嗦，在山里天气凉得快。于是弗兰茨-约瑟夫脱下他的军大衣，披在我肩上，又在我耳边喃喃道："我从来没有像现在这么快乐过。"

晚上，他写信给巴伐利亚的马克西米连国王，请求他同意这桩婚事。咪咪也发了一封电报给爸爸，征得他的首肯。他听到这个消息太惊讶了，一连向咪咪求证了两遍。当他知道这个消息准确无误，茜茜确实代替了奈奈的位置时，他说他要马上赶来巴德伊舍，来和我们以及他的未来女婿一起度过八月底的时光。

多么幸福啊！

奈奈还是有点愁眉不展，不过我相信她已经不恨我了。她经常独自一个人散步，目光有些涣散无神。有一次，晚上，我听到她在哭泣，随后咪咪去看她，两人说了好久的话。我希望她的忧郁心情能渐渐消失。有朝一日，她肯定能找到她自己的未婚夫。

1853年8月27日

巴伐利亚的马克西米连国王同意了我们的结合。弗兰茨-约瑟夫给我看了他写给国王的感谢信。这封信是这样结尾的："我只希望这一结合，如果可能的话，可以使得我们两个家庭之间的关系更加持久，更加牢固。"

这听上去很温馨……可是有点太沉重，太公式化了……我总是对自己说，这种庄严肃穆的礼节和我们的爱情一点关系也没有,和我听到爱人的脚步声时心中涌起的巨大快乐一点关系也没有……对了,我们还必须写信给罗马的教皇向他请求特许,因为弗兰茨-约瑟夫和我是嫡亲表兄妹!巴伐利亚国王,罗马教皇,这些大人物们,会在我们俩中间起到什么作用呢?

1853年8月28日

光明的日子,幸福快乐的日子,阳光灿烂的日子,真希望这些日子能一直持续下去。我们两个人出发去山里,打猎,纵马驰骋,在乡村客栈吃午饭。第一次远足归来时,正是华灯初上的时刻。站在山丘上,看到多盏亮起的灯笼组成了我们俩名字的第一个字母了:E和F。

自从我们宣布订婚以来,已经举行了三场舞会。因为我随身没有带合适的衣物,就穿奈奈的那些漂亮裙子,戴苏菲姨妈借给我的珠宝首饰。弗兰茨-约瑟夫傍晚时分来接我,总是穿着一本正经的军装,然后我们跳舞直到凌晨。随后我和家人一起回到住所。上午，弗兰茨-约瑟夫又会在客厅里等我见面。咪咪说他每隔一刻钟都会来看看我是否醒来了。

现在，他开始跟我说起他要回维也纳，有一大堆重要的事情等着他处理。巴尔干地区新近爆发了政治危机。俄国在和土耳其打仗，向奥地利请求援助。但是他拒绝了：他想保持中立，他的国家不会去捅这个马蜂窝，特别是因为法国和英国还是土耳其的盟友。俄国沙皇尼古拉一世似乎对此非常恼火，弗兰茨-约瑟夫感到十分为难，他分析给我听："尼古拉一世确实是我的朋友，我时常给他写信，我甚至还跟他说起你，我跟他说你是多么美丽，自从遇见你，我的生活发生了多大的改变。但在政治面前，不能计较个人交情：为了满足他的野心而把我的人民拖入一场战争，这我做不到。"

随后，他用手臂圈住我的腰，脸颊贴着我，动作如此轻柔，我不禁哆嗦了一下，幽幽地开口："我才刚刚和你订婚，战争，不！永远都不要！永远都不要！"

他叹了口气,说道:"我现在是生活在人间天堂呢,等这一阵过去,我又要过那种公文堆积如山的日子了,又要面对林林总总的烦心事了。"

我试图安慰他,我向他保证,即便分隔两地,我的心也不会离开他,遇到困难时我会是他的支柱。他请来了一位画师,施瓦格,来画我的肖像,他要把我的肖像挂到他维也纳的书房去。当然,我很愿意弗兰茨-约瑟夫带着我的肖像去维也纳,可是叫人烦恼的是,上帝啊,叫人烦恼的是,我得保持着一个姿势一动不动!更有甚者,几小时几小时地画下来,结果弗兰茨-约瑟夫对画作不满意,又从施拉茨伯格请了另一位画师。一切又得重新开始,我像个花瓶似的杵在那儿,让画师一笔一笔地精描细画!

为了让我散散心,弗兰茨-约瑟夫找人在皇家行官的花园里给我安了一架秋千,每次他推我玩秋千我都哈哈大笑。我长到15岁,马上就要做新娘了,居然还喜欢玩秋千。不过这可不符合苏菲姨妈的品位,她只要一有可能,就用尖刻的话语训斥我。好像她还对咪咪说过我的牙齿太黄,还送给过我一个纯银的小匣子，里面装满了牙刷！真是太可爱了，谢谢了，我未来的婆婆！

1853年9月2日

他出发回维也纳了，留给了我他头发的气息，他手臂的温度，以及一枚玫瑰花簇形状的胸针。他走了，我将有一个月不能见到他……一个月！弗兰茨-约瑟夫，哪怕一分钟见不到你我都觉得活不下去了……而现在，你要一个月后才回来。我哭啊哭，没法停下来。

1853年9月3日

他不在了。谁能给我安慰？他在那么远的地方，他会不会把我忘了？他是否还像以前那样爱我？他要处理巴尔干危机，有那么多事需要操心，就没有时间想我了……

但是，有一些东西对我说不是这样的。我手里紧紧攥着他送我的那枚胸针，直到攥得手发疼，直到手掌沁出血珠……我知道在那边，在他维也纳的书房里，奥地利的皇帝正在接待沙皇尼古拉一世的大使，他认真地听大使说话，给出谨慎灵活的答复，时不时地，他会忍不住抬起头，看一眼我的肖像。

1853年9月4日

从维也纳快马送来了一封信：这可是弗兰茨-约瑟夫给我写的第一封信！我不停地读了一遍又一遍。他说到对我的爱，我的肖像，还有他发现我晚上怕冷，给我买了一件貂皮大衣。这是弗兰茨-约瑟夫的信！我把它藏在贴近胸口的地方，不管白天还是黑夜……

1853年9月7日

他回维也纳了，给我留下了他头发的气息，他手臂的温度，以及一枚玫瑰花簇形状的胸针。弗兰茨-约瑟夫走了，我心无旁骛，一直想着他……

1853年9月10日

今天早上,我和普山出去骑了很长时间的马。他带着玩笑的意味对我说:"你还记得吗,我们两个都梦想着远行……你会先我一步实现梦想,你的丈夫会带你游览他庞大的帝国。"

我嘟哝道:"我很想一边向往着远行……一边仍旧呆在波西。"

"你得成熟点,该从幻想中醒来了!"普山冲我说完,扬鞭纵马而去。

我紧紧跟上,没多久就超过了他,我们在树林间比赛谁骑得快。赛马一直是我们最喜欢的游戏。回去的时候,我们缓缓徐行,肩并肩在树林间穿梭。他安慰我道:"咱们全家都会陪你去维也纳的,我们会呆在那儿,直到你能适应新生活为止。"

我叹了口气:"之后,你们就会走掉,我就成一个人了。"

"你还有爱你的弗兰茨-约瑟夫,他将成为你的家人,你的故土。"普山对我肯定地说。

我们回到马厩。像往常一样,我跳到地上,把阿加克斯牵到它的马栏里。随后,我去找些稻草来擦拭马身……这时候,普山从我手里一把夺过稻草:"噢不!你不能干这个了。我去叫马修来。"

我看着他,愣住了:"我不能给阿加克斯擦身?为什么?"

"因为这不是未来的皇后该干的活!"普山回答道,语气很坚定。

那一刻,我没有再说话,我非常饿,一心想要奔向厨房,让人做一道热乎乎的酸腌菜,配上烟熏刺柏果,还有大杯的黑啤。结果吃了一惊:刚跑到食堂门口,咪咪就把我拦住了:"在厨房吃饭?亏你想得出来!我去拉铃叫巴泰莱米给你端到客厅去。"

我想我们整个家都疯了。但该做的还得做啊:纯银的托盘,细瓷的茶杯,小圆面包……然后,伴随着咪咪几乎抓狂的话语："茜茜！吃慢一点，要时不时地停下来抿一口咖啡……"

"我饿了！"我边回答，边抓起第二个羊角面包。

"不能说饿！"咪咪抗议道，"你是要做皇后的人了，不能再把饿了、渴了挂在嘴边……"

这很容易理解：我的光辉命运让所有家人都不知所措了！连奈奈也在我背上轻轻地敲了一记："坐直一点！"

这简直演变成了噩梦。幸好这时候施纳普尔打破了僵局，他跃上餐桌，叼走一个羊角面包还打翻了咖啡壶。我们哈哈大笑，仿佛回到了以前，维特尔巴赫一家坐在地上，和我们的狗儿猫儿一块分享蛋糕的日子。

1853年9月12日

今天早上，我下楼去图书室上课，按照我一贯的风格，打算惹亲爱的沃尔芬男爵夫人发发火。可是，沃尔芬男爵夫人不在！有一个小个子的女士坐在那儿等我，她长得干瘦干瘦，灰白头发，活像只鼹鼠。她自我介绍道："我是史密斯小姐，是您的英语老师。"

不等我有所反应，她就给我一个本子，命令我抄写动词。我勉强写了两个。我万分不耐烦，想找个机会逃课……忽然发现羽管笔有点秃了。我认认真真地削起笔来，似乎永远也削不完似的。当然，我削得毫无章法，结果笔就削坏了，写不了字了。于是我说："我去拉铃叫仆人，让他给我拿些新笔来。"

我拉了两次铃，这是给巴泰莱米的信号：听到两下铃，他就绝对不能过来。于是我们就等下去。鼹鼠老师等得不耐烦了。最后我说我自己去找笔吧，就跑了出来，碰见普山正在骑马，他拉我上马，坐在他身后。再见了，英语课！我们逃去树林里玩了，直到两三个小时之后才回来。

1853年9月13日

在马厩里,我给阿加克斯擦身,尽管看到咪咪朝我走过来的时候普山拼命劝我停下来,我还是不为所动。从她走过来时大步流星的样子,我立刻明白了她有点不高兴。她发话了,带着怒气:"茜茜,我想你昨天的英语课进行得不太顺利……"

我结结巴巴地说道:"呃,我的羽管笔出了问题……"

咪咪干脆地打断我:"一派胡言!我姐姐给我写信了,她明确要求我们纠正对你的教育,之前对你的教育实在是太松散了。你必须明白你将来要肩负起的责任:你是要代表整个奥地利的啊……"

她递给我一张纸:"这是你要完成的学习任务。"

咪咪转身走了。看着这张单子上苏菲姨母要求我做的事情,我不禁目瞪口呆:

学习怎么上马。这我已经会了。

学习英语、意大利语、法语。我讨厌法国人,他们把玛丽·安托奈特送上了断头台，她是我的爱人弗兰茨-约瑟夫的大姑母。我也讨厌英国人，他们要和俄国沙皇打仗，而沙皇是弗兰茨-约瑟夫的朋友。至于意大利人……容我稍后再想想吧……

练习弹好钢琴。这个么，巴泰莱米会代我做得很好的。

学习维也纳舞蹈。那维也纳人为什么不学巴伐利亚舞蹈？

学习刺绣。我永远也学不会的。

学习奥地利的历史。我对这个一点儿都不感兴趣。

因为这张单子里没有一样东西令我感兴趣，或者说所有东西都叫我反感，于是我骑着阿加克斯去乡下了。放眼周遭，在绿叶掩映间，在云卷云舒时，我看到了弗兰茨-约瑟夫那双眼睛。还要等三个星期他才会来呢！

1853年9月15日

今天早上，我不想起床：一想到要见鼹鼠夫人，想到她那一本正经的神情,还有她那些不规则动词,我的心情就很糟糕。做晨间弥撒时,我祈祷上帝赐予我力量去面对她,结果还是无精打采的。雪上加霜的是,吃早饭的时候,奈奈一脸欣喜地宣布:"我去叫马车夫套车,下午要出门:我要去施尔彻伯爵夫人家喝下午茶。咱们的表姐阿德贡德和希尔德加德跟我说她们也会去。"

我沮丧万分,一把将面前的餐盘推开。现在,奈奈尽管说"我要去这里,我要去那里",她可以到处玩,与此同时,我却只能抱着一堆练习簿以泪洗面。

"你怎么啦?"奈奈问我。

我傻傻地回答道:"我不想学英语。"

我的好姐姐就立刻改变了计划:"我和你一起去上课吧,瞧着吧,我学过一点英语,我可以帮你;然后,我们就可以一起去参加聚会了。不管怎样,希尔德加德和阿德贡德要是见不到你会很失望的。"

我感激地望着她:奈奈真是个千金不换的好姐姐!她坐在我旁边,耐心地背诵并抄写英语单词,随后她礼貌地向鼹鼠夫人表示感谢,接着我们登上马车出发了。一路上，奈奈对我说："你知道吗，我真希望你能学好英语。将来我去维也纳看你的时候，你身边肯定围着一群宫廷侍臣。我们要说悄悄话就可以用英语说。我知道苏菲姨妈就不懂英语。"

亲爱的奈奈，她什么都预见到了！在施尔彻府上，我远远地就认出了阿德贡德和希尔德加德，她们头上总扎着十分繁复的饰带。她们不停地问我关于皇帝，以及巴德伊舍舞会的问题：你的苏菲姨母戴几条项链？晚餐时吃些什么菜？因为我记不清楚这些细节，就胡乱编造了一些。她们已经开始为参加我的婚礼而兴奋了。"你刚做皇后那会儿，我们会在你身边支持你的。"她们向我保证。

她们对我还是和以前一样，对此我很高兴。其他在场的年轻姑娘对我说："不管你是不是皇后，你永远都是我们的茜茜！"

1853年9月17日

我受不了了！今天上午，我刚刚从鼹鼠那里解放出来，就见到了我的法语老师，一个又瘦又高的女人，我马上给她起了一个绰号：长颈鹿。紧接着，就得学习怎么用法语说"你好，谢谢，再见，我很高兴认识您"，以及其他一些将来我在宫廷里要说的废话。我学得一团糟，法语语法对我来说太难，我学起来举步维艰，每个单词的重音都在最后，命令句里动词要放在主语的后面，等等。简而言之，在这种语言里，所有东西都是颠倒过来的。我的天哪！因为奈奈跟读得很棒，老师慢慢地开始着重辅导她了，全然忘记了她的职责应该是教导我，而不是教导她。我假装在一张纸上抄写课文，其实，是在给弗兰茨-约瑟夫写一封情书。

1853年9月18日

奈奈十分有勇气，继续陪我上所有的课。然而今天，我们要稍微调节一下：上完英语课和法语课之后，我们两个一起站起身对老师说，我们必须得休息一下，坐了那么久，腿都麻了。于是，我们跑到果园里，那里已经有人开始采摘苹果了。玛贝尔和村里的小捣蛋鬼们爬在树上，摘了苹果直接就放嘴里啃，吃得不亦乐乎。他们叫我们过去，说要给我们苹果吃，看上去毫无恶意。奈奈向来心地善良，容易轻信别人，她走了过去，而我却嗅出了危险的气味……结果，我们挨了一顿苹果炸弹！我可不是这么好惹的：我抓起枯树叶向他们丢去，最后寡不敌众，还是落荒而逃。我跑了几步，撞到了一个小个子的先生，他的穿着极其考究。我正寻思着他在此有何贵干，这里可是果园，周围全是苹果。他开口自我介绍："在下哈特曼男爵，我在寻找伊丽莎白小姐，在下是她的会话老师。"

我向他提议一边照看我的鸟儿，一边教我做对话。于是他就跟我来到养鸟室，随后又去了马厩。当我翻身跃上阿加克斯时，他面有难色。我才不管他呢！

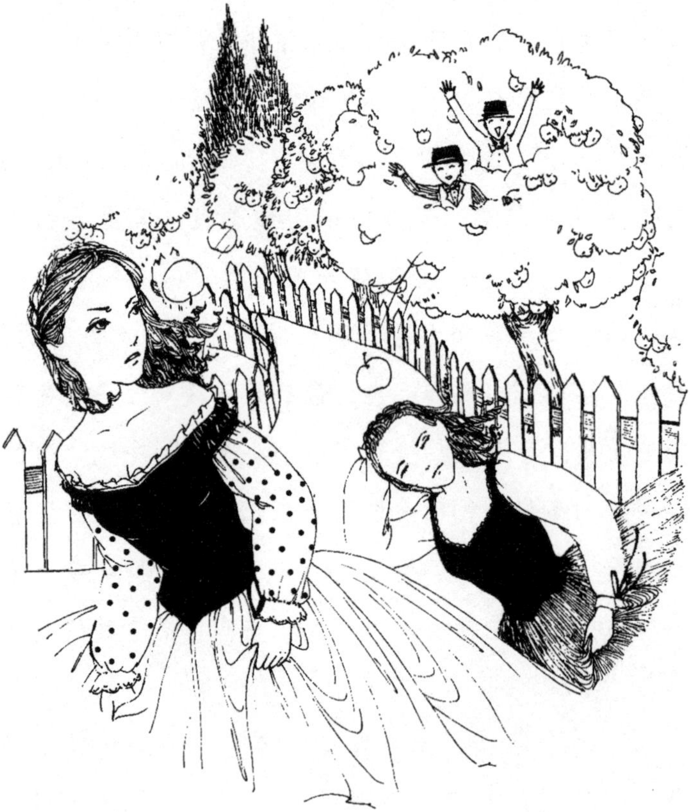

❀

1853年9月19日

真可怕！爸爸都一手安排好了：他跟我说起他的一位朋友——马提拉伯爵，是一位博学大家，曾写过三百页的《奥地利历史》。他觉得对我来说，他应当是一位理想的老师。我脑中马上浮现出一个严厉的老头儿形象。不，我不要，我对学习一点儿兴趣也没有，也没有学语言的任何天赋。我只有一个爱好：自由，空间。

1853年9月20日

今天早上，我天没亮就起床了。我没去参加家庭弥撒。我在日出时分的湖边做了祈祷，久久地观察那些掠过湖面的燕子，它们轻点湖面饮水，然后又飞向天空,盘旋不去。

回来的时候,没人批评我。奈奈正在代替我跟着那些老师上课。她只是对我说:"是啊,茜茜,这很正常,你还需要散散心。明天你就要再次鼓起勇气,我们俩一起重新投入学习。"

我摇了摇头,我不想再开始学习。弗兰茨-约瑟夫会适应我的性格的。我没法服从苏菲姨妈的命令。

我上楼回到自己房间,动笔写了一首诗:

噢燕子!把你的翅膀借给我,
带我去遥远的国度。
打破一切的束缚,
剪断所有的牵绊该有多快乐。
啊!假如我能和你一道自由翱翔,
徜徉在永远蔚蓝的苍穹,
我将满怀喜悦地歌颂
自由之神的名字。

我给我的诗谱了一首曲子,轻轻地哼了起来:

噢燕子！把你的翅膀借给我，
带我去遥远的国度……

我一边唱着曲，一边下楼。走到最后一级台阶时，我撞上了莫娃诺，她正蹲着给她的洋娃娃们洗澡，一溜小水盆里的水都漫到地板上了。我坐下来和她玩，把我新作的诗唱给她听。正好经过的巴泰莱米见状，就弹起了钢琴，轻轻地为我伴奏。最后，我们一起唱道：

我将满怀喜悦地歌颂
自由之神的名字。

"您说得对，小姐，自由是我们最宝贵的权利。"

我听到背后有人说话，便回过头去：我面前站着一位令人肃然起敬的老先生，满头银发，挂着一根拐杖。他带着一种我不熟悉的有点生硬的口音接着说："自由地构建自己的生活，自由地支配自己，这是我们首先需要追求的东西。而那些在暴君桎梏之中饱受压迫的民众,自由对于他们而言,就是一个无法估价的宝藏了。为自由献身是美丽的……"

这个神秘的人物到底是谁?他身上散发出一种安静宁谧的气质。他那极具穿透力的眼神,还有波澜不惊、温软柔和的嗓音,都令我十分着迷。这是第一次有人对我的诗歌感兴趣,并且还提升了它的意境,而不是给我灌输某种外来的学问。我想要和他一起思考自由的问题,思考我自己的人生……

随后爸爸来了,他给我介绍:"茜茜,这就是马提拉伯爵。他以后每星期三次从慕尼黑过来给你上课。"

是吗?这就是那位著名的历史学家呀!我又惊讶又欣慰。他脱大衣的时候有点困难,似乎肩上感觉疼痛似的,我走过去帮他脱下大衣,让他挽着我的手臂走进书房。他挽着我,一点儿都不拘束。他继续对我说道:"小姐,我是来和您一起饱览政治自由的广阔天地的,而您将要统治的奥地利又是怎样对待这种自由的呢?"

不,从来没有人这么重视我的看法。

我们在书房里坐下来,马上就开始讲课。他把他带来的一幅地图在桌上摊开:这是奥地利,总共有4900万人口。接着,他指给我看组成这个国家的不同民族:意大利人、德意志人、克罗地亚人、斯洛伐克人、捷克人、斯洛文尼亚人、波兰人、斯拉夫人、罗马尼亚人、匈牙利人。说到匈牙利的时候,他停顿了好久,喃喃道:"我的祖国,我的祖国经受了多少苦难啊……我想给您讲讲她的历史。"

接着他打开了一本满是精美插图的书。一开始,我们看到了公元1000年时正在接受教皇加冕的艾蒂安国王,他是一个好国王,他接纳外国人,建立学校,保护穷苦民众。他把国家治理得非常好,使得这个国家直到今天仍保持统一。

"我们一直保存着艾蒂安国王的王冠,将之视为一件珍贵的圣物。"他补充道,"有这件圣物的庇护,我们的王国才能抵御异族的入侵。"

我问道:"入侵者是谁?"

"土耳其人。"他回答我说,"自从15世纪起,他们就屡屡侵占我们的土地,拆毁教堂,把百姓劫走充作奴隶。"

他的声音哽咽了。匈牙利的苦难深入他的骨髓，提起这些破坏和劫掠的暴行，他感到十分难过。接着他为我详细讲述了莫哈奇战役惨败后匈牙利贵族遭到的屠杀。听着他的讲述，我的心灵受到了强烈的震撼。这时我看到弟弟玛贝尔放下绘图本，抬起了头。正在找书的罗蒂也停下来一动不动了。随后轮到了莫娃诺、普山和路易，他们正好经过这里，仿佛受到老师声音的诱惑，停下了脚步静静聆听。到了黄昏时分，家里所有人都围坐在我们周围听老师讲课了。哪怕是端茶过来的仆人也挪不开脚步了。最后，咪咪请求马提拉伯爵留下来和我们一起吃晚饭。晚饭后，他又给我们讲了很久他深爱的祖国。他走后，我对咪咪说："他真是位充满激情的老师，我真想他快点再来！"

"可你当初还不愿意见他呢！"咪咪微笑着回答道，"而且他是为了看你的美丽眼睛而来的，不要任何报酬呢！"

爸爸眯缝起眼睛，样子挺调皮："他教未来的奥地利皇后，也是为了争取你支持他的爱国主义事业啊！"

我思考着爸爸这句话，上楼睡觉去了。

1853年9月23日

我半夜醒了过来。我的心跳得很快。爸爸的话回响在我耳边："未来的奥地利皇后"。是啊，当然咯，别人经常这么叫我，但是直到现在我都充耳不闻。我满脑子都是弗兰茨-约瑟夫，他那蓝色的目光，他挽着我时手臂上的温度。现在他不在，这里只有我和这个可怕的头衔："未来的奥地利皇后"。发生了什么事？我的生活中刚刚发生了什么可怕的灾难？难道我是做皇后的料吗，我，波森霍芬的小茜茜？不，我这是在做梦，这副重担我可挑不起啊，根本不可能……思绪一转，我脑中又浮现出奥地利的版图：广阔的土地，众多的居民，有意大利人、德意志人、克罗地亚人、捷克人、斯洛文尼亚人、波兰人、斯拉夫人、匈牙利人……这些人，他们期待从我身上得到什么呢？他们希望我和他们站在一起吗？好像我独自一个人就能帮到他们似的。就在这时，我感到一种极大的恐慌，突然从床上坐起来，穿着睡袍走出房间，跑到马厩里。那里有阿加克斯在等我。我把脸埋入它浓密的鬃毛里，抽泣起来："你知道的，我做不到，不，弗兰茨-约瑟夫，我是爱他的，但是他不能要求我做这些。他没有权力硬塞给我这么一个滑稽又吓人的头衔，就像给15岁的我穿上一条太大太重的裙子。我么，我没有要求什么，我只想爱他，仅此而已。至于他的帝国，他的斯洛伐克人，他的斯拉夫人，他得靠自己去处理……他坐在维也纳宫殿里统治他的王国，我么，我在波西过日子，和我的兄弟姐妹们一起生活。我仍然在树林里散步，看书，作诗……他么，他继续做他的皇帝，我们就不要往前再进一步了。是的，我渴望收到他的信，渴望得到他的吻，可是他的权力……啊不！我才不要！"

阿加克斯没有动，我感觉到他湿润的鼻子贴在我脸颊上。渐渐地，我平静下来，停止了哭泣，静静地上楼回到房间里。我重又恢复了平静：在阿加克斯眼中，我就是一位皇后了。

1853年9月25日

我告诉了泰米斯我即将要成为奥地利皇后了。作为回答，她拍了拍翅膀，然后去啄她的邻居科蕾。她们一向不和，这种争吵我都看腻了。我担心在她们的对抗中，泰米斯最后会把科蕾啄死，更何况她们也有可能会伤害到更小的鸟儿……我必须要慎重地考虑一下这个问题了。

1853年9月26日

马提拉伯爵又来了。这次不单全家人，还有我弟弟他们的家庭教师也都在等着他。我们跟着他来到书房。他再一次摊开他的地图，指出匈牙利的位置。"奥地利帮助过我们摆脱土耳其的钳制，"他开口说道，"同时我们得付出代价，我们得接受奥地利的语言以及奥地利政府的接管。然而1848年，一场革命的风暴席卷了欧洲。就像法国人、意大利人一样，我们也想要选举我们自己的议员,制定我们自己的法律,办我们自己的学校。诗人裴多菲号召我们的同胞起来反抗。一开始,我们感觉奥地利明白我们的愿望。当维也纳召开议会,同意我们可以制定宪法的时候,我们内心充满了希望。到处可见欢欣鼓舞的年青一代……但是好景不长,很快我们这场革命就令奥地利的保守派当权者感到害怕了。"

马提拉伯爵的声音低了下去,呼吸急促起来,似乎每吐一个字都要耗费好大的力气,都带着巨大的痛苦似的:"奥地利派来军队镇压我们,并找来俄国人作为援军。他们的军队数量是我们的十倍。很快我们就明白这场仗我们输了。我们将圣艾蒂安的王冠埋了起来,以免落入敌人之手。我们的政府垮台了。我们的领导人、将军有的被绞死,有的流亡在外。全国一共有两千起逮捕事件。我们的报纸也被禁了。现在,我们统一国家的梦想还剩下什么呢?我们的议会已经变成了一个可笑的、卑微的傀儡,我们的国土四分五裂。我们仅仅是奥地利的一个行省罢了。"

接着是长时间的沉默。没有人敢打破沉默。只听得到玛贝尔用铅笔在绘图本上涂鸦的声音,笔在纸上划拉的声音很轻,生怕扰乱了此刻肃穆的气氛。

马提拉伯爵拉起我的手:"小姐,等您成为皇后之后,请别忘了苦难的匈牙利。请在您丈夫面前为我们的爱国事业多多辩护!请恢复圣艾蒂安的王国!请将失去的荣耀归还给他!请成为我们的保护人吧!释放我们的囚犯,让流亡在外的人回家吧!"

听着这声声哀求,我的心灵受到了很大震撼,眼里蓄满了泪水。全家人都看着我,似乎在请求我听取他的祈祷。而我……我不知道怎么回答他。这个人以人民的名义在我身上寄予了太多的希望……我再一次对这个角色感到无能为力、心力交瘁。这么艰难的政治形势,在一小时前我还一无所知,而现在却身负众望……

咪咪应该明白我心里的恐慌。她用平静的声音打破了沉默:"马提拉先生,我们所有人都会为您的祖国祈祷。请保留希望!您同胞们的抗争不会白费的。总有一天，你们一定会拿回属于自己的权利的。"

紧张的气氛缓和下来了。我感激地看了咪咪一眼。她把这副重担从我肩上卸了下来，让我们所有人一起来承担。马提拉伯爵继续讲课，稍稍平复了一些，像上次一样，我们也请他留下吃晚饭了。

晚上，在自己房间里，我思考着这一切。我想把匈牙利的地图描在纸上，贴在自己房间里、十字架的旁边。那样，当我向上帝祈祷时，就可以在心里想着这幅地图。上帝一定会给我启示的，怎么帮匈牙利呢？我现在还不知道。

1853年9月28日

为了帮助匈牙利，我首先要学习匈牙利语。今天早上我把这个想法告诉了马提拉伯爵，他满心欢喜。

1853年10月4日

今天上午，爸爸去慕尼黑看望一位朋友。他回来的时候十分激动："整个城市都在迎接皇帝驾临，这可是世纪盛事啊：临街楼房的阳台上飘着旗子，上面绣着你名字的首字母，和你爱人的首字母交缠在一起。我在大教堂对面的纪念品商店找到了这个。"

他从包里拿出一个盒子：是我的肖像画！画的下面还写着一行金色的字：巴伐利亚的伊丽莎白，奥地利皇帝之未婚妻。

我有点困惑不解：老实说，我的肖像怎么会出现在商店里一堆纪念品中间呢？

爸爸轻轻拍了拍我的脸："你要知道，在全奥地利，没有一个客厅，一家旅馆，一家商店是不悬挂皇帝肖像的。现在，又有美丽的皇后肖像相伴左右。还有什么比一对夫妇好似父母一样照顾他们的子民更令人放心的呢？"

刹那间，我想象着数以百万计的人在帝国上下各种公共场合凝视着我,这让我感到头晕目眩。

爸爸对我微笑:"别担心啊!很快你就不会在意了。"

他突然转变了话题:"我还去了歌剧院。他们为你们的首次亮相安排了《威廉·退尔》①这部歌剧。《威廉·退尔》,我喜欢!"

他摆了一个舞台上的姿势,将手放在胸口,起了个调子,用他那漂亮的男中音唱道:

雪崩从高山滚滚而下,

给我们的原野带来死亡,

它裹挟的苦难尚不如

暴君每走一步播下的罪恶

叫人那般难以承受。

---

① 《威廉·退尔》是德国伟大的诗人和戏剧作家席勒的最后一部重要剧作,以13世纪瑞士农民团结起来反抗奥地利暴政的故事为题材,歌颂了瑞士人民反抗异族压迫、争取民族独立的英勇斗争精神。1829年意大利作曲家罗西尼根据剧作《威廉·退尔》创作了同名歌剧。其中《威廉·退尔序曲》成为一首知名的音乐作品,至今在世界各地广泛演出。

接着,他笑起来:"奥地利的暴君,其罪恶犹胜雪崩千倍,我不敢肯定你的未婚夫是否会喜欢这段唱词,特别是这几句话出自一位年轻英俊的起义者之口。弗兰茨-约瑟夫皇帝可是以憎恨起义和起义者著称的。"

我耸了耸肩:人们对我亲爱的弗兰茨-约瑟夫是怎么看的?他?一个暴君?他吗?憎恨别人?这绝对不可能。

玛贝尔正在我们身旁玩着陀螺。他叫道:"等等,我知道,我知道威廉·退尔的故事!我讲给你们听。"

他跑去自己房间找来一本书,一边翻着,一边用他那如笛声般清脆的嗓音念道:"威廉·退尔是一名非常勇敢的瑞士农民。奥地利总督葛斯勒将自己的皇家帽子挂在中央广场立柱的顶上,并规定所有居民经过时必须向帽子敬礼。显然,威廉·退尔不想对着葛斯勒总督的帽子鞠躬行礼。结果你知道葛斯勒是怎么惩罚威廉·退尔的吗?他把一个苹果放在退尔儿子的头上,要退尔一箭射中苹果才释放他们!"

玛贝尔激动地跳了起来:"幸好,威廉·退尔是当地最出色的弓箭手。他拉满弓:嘣!一箭正中苹果！你知道威廉·退尔对奥地利总督说了什么吗？"

玛贝尔高声读出威廉的话:"先生,如果万一我不幸射中了我的儿子,那么我箭筒中还有另一支箭是为您准备的！而且我发誓一定不会射偏！"

于是,总督恼羞成怒,将威廉·退尔关进了监狱……可是,当然,最后他还是逃了出来……

接着,玛贝尔就跑去找他的弓箭了。

"来,我们来演威廉·退尔吧。那边那棵树,就当它是总督的帽子吧……"

我跟着他跑起来……整个下午,我们和莫娃诺还有我亲爱的朋友伊莲娜像疯子一般玩得很尽兴。他们三个人,我希望都能陪我去维也纳。

❀

1853年10月5日

我终于上完了法语课和英语课,我把会话老师留给了奈奈,这老师我还没想出绰号来叫他,他实在是蠢到家了。我上楼来到自己房间:我和普山打赌我10月份还能下湖游泳。于是,我拉铃叫娜奈尔,好让她给我穿上游泳衣。我拉了一次,又拉了一次,结果没有动静。我很生气,正准备自己去找她……这时门开了。我叫道:"你可来了,你去哪儿了?"

来的不是娜奈尔。五个女人抬着一个大柳条箱,闯进了我的房间。她们深深地给我行了一个屈膝礼,然后自我介绍道:"我等是裁缝。"

我目瞪口呆。还没等我来得及作出反应,她们就请求我允许她们脱去我的裙子。我脱得只剩下裤子和紧身胸衣,她们开始仔仔细细地给我量尺寸,每个角落都不放过:腰身、肩宽、胸围、腿肚、脚长,甚至还有手指、手腕,好让金银匠给我做首饰。我得像一尊雕塑一样纹丝不动。时不时得抬起胳膊,放下胳膊。两个人给我量尺寸,第三个人记录数字。另一个人打开箱子,几段闪闪发光的料子在地上铺开;她们把料子披在我肩上,裹在手臂上……"您希望用什么料子来做下午裙?蝉翼纱?还是平纹细布?还是茧绸呢?"为了尽快摆脱这群巫婆,我随口胡诌道:"对,用茧绸!很好!棒极了!"

事实上,这些词我还是第一次听说呢。

我注意到有两个老妇人在照着一本小册子喃喃地念。我走过去一看:原来是我婚礼要用的衣服行头……我惊恐地发现我有43条长裙、16件外氅、78条贴身内衣、168双长筒袜……还有113双鞋!我不禁大声问道:"为啥要有113双鞋啊?"

"因为您每天都要换一双鞋!"那位妇人回答我。

我很震惊,手臂不由垂了下来。每天换一双鞋!

我又问了一句:"为什么要这样呢?"

没有人回答我。一切都很荒谬。在我感到绝望之际,我朝窗外瞥了一眼。普山正朝湖的方向跑。他冲我大叫:"要等你来吗?"我回答:"对,我马上到!"

接着我奔下楼梯,跑到湖边,一个猛子扎进了水里。

我们游到了湖中的小岛,躲在橡树的浓荫下。我告诉普山我受到的那些折磨。他试图宽慰我:"你看,我么,我想学医。但一开始我肯定得在国王的军队里为他服务。我会履行我的义务,在完成使命之前我会坚持到底。你也是，你说不定也能找到完成你的使命的方法。谁知道呢？"

接着他微笑了一下："我会去维也纳看你的。你看吧，我们俩可以逃走，在多瑙河上找到一个岛藏身……我们躲起来……"

我们沉浸在自己的梦里，尽管我们知道这绝对不可能实现。

在湖的另一边，我看到一个小女孩，赤着脚在放牛。我又想到那113双等着我去穿的鞋。我宁可把鞋都送给这个小女孩。

天凉了，我们不得不回去了。娜奈尔正站在河岸上等我们，手里拿着一条缀着流苏的大毛巾。她一边给我们擦干身体，一边抱怨："小姐！弄得这么湿！现在是十月份啊。要是您病倒了，您的心上人可怎么办呀？"

"娜奈尔，为什么在维也纳我必须每天换一双鞋呢？"

娜奈尔想了一会儿，说道："我看啊，您的鞋是不会被丢掉的。在那边，仆人们会把这些鞋子以天价卖出去。要是我的话我也会这么做的。您想啊，那是皇后穿过的鞋子噢!"

也就是说,所有人都同意把我投进监狱,甚至是仆人们,甚至是娜奈尔也不例外……

我慢慢地走回家里。我蹲在地上,环抱着施纳普尔,我们俩久久地听着奈奈的钢琴声。

1853年10月11日

他翻山越岭来看我,他在这里了。今天我难道还能提别的人吗?

1853年10月12日

弗兰茨-约瑟夫和我一起去照看我的鸟儿。在他看来,毫无疑问我应该将泰米斯和科蕾分开。我决定采纳他的建议。

1853年10月15日

他在这里,每一天,每一小时都在。我们聊阿加克斯、泰米斯、科蕾,聊我的兄弟姐妹,还有汉娜。我们骑马骑得气喘吁吁,还一起去打猎。弗兰茨-约瑟夫很好,他很慷慨大方。他对我说:"你照亮了我的生命,让我变得无所畏惧。我赦免了八个死刑犯,还给维也纳、格拉兹和布拉格解了围。"

我问什么叫"解围"。他解释给我听:"自从发生了可怕的1848革命之后,就必须紧密地监视躁动不安的民众。聚会、迁移都是被禁止的。城市由军队控制。如今秩序又安定下来了,我给那一切画上了句号。"

随后他抱了抱我:"我自己也重新恢复了平静。自从爱上了你,我看待事物的方式都不一样了。你让我内心变得安宁了许多,甚至是处理政事时也缓和了不少!"

是啊,我们的爱情会改变整个世界!

1853年10月16日

今天晚上,我们应邀参加在皇家歌剧院举行的盛大晚会。最终选择上演的剧目是拉赫纳的《卡塔丽娜·科纳罗》。好像巴伐利亚的马克斯国王取消了《威廉·退尔》的演出,避免触怒信奉专制主义的弗兰兹-约瑟夫。专制?我亲爱的弗兰兹-约瑟夫专制吗?我真不敢相信。

在去歌剧院之前,我得由服装员帮我整理着装,准备和我的未婚夫一道在剧院的皇家包厢里亮相。似乎整个慕尼黑都将为我们热烈欢呼。想到这一景象,我不禁有点发憷。

1853年10月18日

三小时!为了歌剧院的晚会,他们给我穿衣服穿了整整三个小时！当然，娜奈尔是没有资格做这个活儿的。我怀念以前娜奈尔给我梳妆打扮的那些时光，她站在我身后，跟我讲在洗衣池边听来的八卦新闻，我也会跟她说说我的知心话。有时候，一件琐碎的小事也会让我们狂笑不止。现在，再也没有捧腹大笑，也没有知心话了！我站在自己房间中央，有三五个女人服侍我，我没仔细数，她们把我淹没在一堆荷叶边、金属撑条、裙箍之中，她们还加上了一些绉泡饰带、裙褶与衬裙。"这种样式是巴黎的最新款。"她们一边低声说，一边勒紧我的腰，我都快要窒息了。说得好像我听了这话就会轻松不少似的！我穿上这身行头像什么？像一棵花菜？还是像一块巨大的奶油蛋糕？

我走出来，弗兰茨-约瑟夫对我喃喃道："你就像阳光一样美丽。"

听了他的话，我感到身上沉重的长裙变得轻盈了，就像蝴蝶翅膀似的。我的眼中只有他，他就是整个宇宙。

随后我们登上马车，来到了歌剧院。我们得在如雷的掌声和欢呼声中出现在皇家包厢内。我有点退

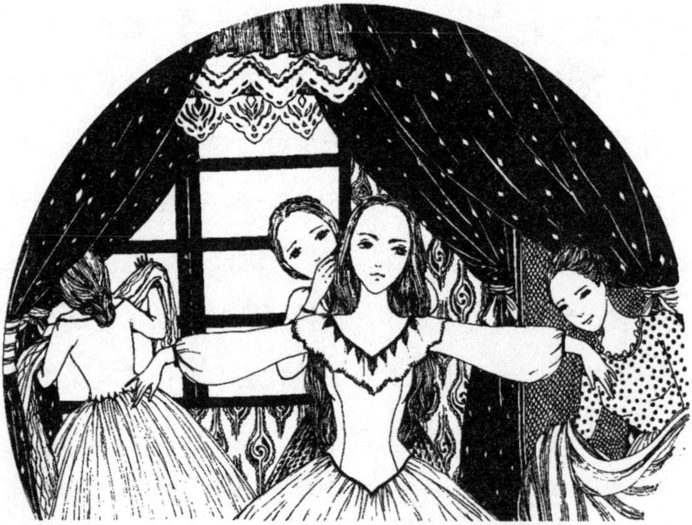
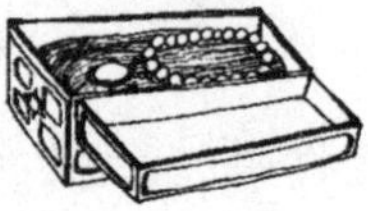

缩，我感觉所有的眼睛都在看着我，都想把我生吞活剥似的。我紧紧地靠在弗兰茨-约瑟夫身旁。为了他，我能承受这一切，承受一大群人盯着我看的目光吗？我素来害怕喧嚣，害怕人群……可是弗兰茨-约瑟夫他看不到我的困扰，只是心醉神迷地重复说着："你真是光彩照人，你让我着迷！"

我可是迫不得已的！我感到透不过气来，都没有留神听音乐。这一切仿佛没个尽头。随后，还有寒暄恭维，有人要招呼，有人要感谢……最后，我们两人坐进作为临时避难所的马车，离开了歌剧院。只有在这时，我才有机会跟他坦白："你知道，我一点儿都不喜欢这样出风头……"

他抱紧我，说道："你天生就会这些的，我亲爱的小皇后！在维也纳，你会大获全胜的！"

大获全胜！天哪！我要胜利来做什么？我的不安差点就变成了恐慌。

不过，他在这儿，在我身边，我们俩单独在一起，终于，我不害怕任何危险了。

1853年10月19日

每天都有从维也纳快马送来的信件。每当我看到有人骑马在大路尽头出现的时候,我心里就很紧张:我知道弗兰茨-约瑟夫又要关在书房里阅读公文了,并把回复口述给他的秘书。我等着他处理完公务,我只能等。最后,骑士带着回信走了。呼!我们终于可以松一口气了。我冲进他的书房,他笑了,我们一起跑出去了。可是我感觉得出他还是比较紧张。好一会儿之后,他才重新开始展露舒心的笑容,又对我含情脉脉了。他最后对我说:"土耳其人已经对俄宣战,尼古拉一世一直在对我施加压力,要我参战,帮他对付土耳其人。如果我听他的,那就意味着要背弃支持土耳其的法国和英国。这是不可能的!我这么跟他说,他一点都不想听。你想想,他九月份来奥尔米茨和我会面,我盛情款待了他。我带他检阅我的军队,他有权给大炮点火,参观炮兵部队的礼炮齐鸣、军号嘹亮。我必须向他展示一下我的实力。我还设了一场千人的盛大宴会款待他。不过，最后我拒绝了他的要求，我不会为了他的利益而大动干戈。"

接着他叹了一口气："但是尼古拉一世曾经帮助我打败了匈牙利人。如果没有他，我就输了，就不得不接受他们那部嘲笑我们当局的愚蠢的宪法。"

我吓了一跳：打败匈牙利人！刹那间，我耳边响起了马提拉伯爵的话："我们的政府垮台了。我们的领导人被绞死，我们的报纸也被禁了。现在，我们统一国家的梦想还剩下什么呢？"而这场可怕镇压的始作俑者竟然是我的弗兰茨-约瑟夫？我脑子糊涂了。

然而他用手臂拥紧我，说道："我等不及你来维也纳呆在我身边了。你可以陪同我接待各国首脑，他们会被你的美貌震慑住的。你会和俄国皇后成为朋友的……"我？成为俄国皇后的朋友？可是我能跟她聊什么呀？弗兰茨-约瑟夫，你以为我是一个怎样的人呢？

❀

1853年10月20日

我仔细想了想：弗兰茨-约瑟夫事实上并不知道匈牙利的真实情况。别人向他隐瞒了那次残酷的镇压和血腥的场面。他被他的将军们骗了。我要告诉马提拉伯爵，让他来和弗兰茨-约瑟夫解释清楚。他会去维也纳。当然，别人也会听他讲的。

1853年10月22日

他出发去维也纳了。我的心也飞去了维也纳。整个宇宙都去了维也纳。茜茜在哪里？和他一起在维也纳吗？还是在波西？我飘浮在空中，不知道自己身处何地……弗兰茨-约瑟夫，看不到你我会死的……

1853年10月23日

为了他，我会去学外语。为了他，我会学跳维也纳的舞蹈。为了他，我会穿上那些勒紧我的腰又让我迈不开步的大裙子。

当我一旦变成这样一个人们称之为皇后的怪物时，他还会记得当初他在巴德伊舍热恋的小茜茜吗？

1853年10月30日

今天早上，天一亮我就起床了，我下楼来到图书室，我需要独处。我想抄一些海涅的诗歌寄给弗兰茨-约瑟夫。我见到了普山，他正沉浸在一堆科学书籍中。他看着我把羽管笔在墨水瓶中蘸饱墨水，满怀着爱意，开始写信。

这让他有感而发:"为什么不给他发电报,而要浪费时间在纸上写信呢?"

我生气地冲他嚷嚷:"我给弗兰茨-约瑟夫写信是浪费时间?我怎么能对着一个邮局雇员口述那些触动我心弦的诗句呢?难道他能带给他那张心上人曾触碰过的信纸吗?"

普山是个迟钝的家伙,他耸耸肩膀:"你就因为这些浪漫的想法,迫使一个可怜人日夜兼程,不管刮风还是下雪,给你送那些宝贵的信件。你就像娜奈尔一样,不肯放弃那个洗衣池!"

我没有回答他。普山一点儿都不懂得爱情。

❋

1853年11月5日

总之,我现在有五位老师:一个英语老师,一个法语老师,一个意大利语老师,一个舞蹈老师,还有一个会话老师。我还没算上马提拉伯爵,他不是老师,他是一位朋友。我有八名裁缝。似乎她们的数量还会增加。现在又加上了三位画家来给我画肖像。救命啊!明天,我要去我的岛上过一天。

1853年11月10日

今天,我们去了邻近的城堡参加一个婚礼。我在那儿又见到了伊莲娜、希尔德加德和阿德贡德。村民们在我们面前跳着巴伐利亚的传统舞蹈——皇冠舞和钟摆舞,边跳边把枞树枝叶做成的环戴在头上。爸爸穿着皮革套裤,戴着蒂罗尔地区的传统帽子,用他的吉特拉琴即兴弹唱了一首诗歌,献给新婚夫妇,大家都很开心。后来,天黑了,该回家了。在上马车的时候,咪咪喊道:"天哪,玛贝尔去哪儿了?"

混乱,恐慌……我们派了所有的仆人去漆黑的夜里找他。没有人见到过他。接着新娘的姑妈发现她的几个儿子也不见了。没有人数过自己的小孩……必须得承认这个事实:所有的小淘气鬼都离开了聚会现场。咪咪很笃定,她猜想他们是在策划一个恶作剧。她的预言还真准:他们在同一时间一起跳出来了……在宾客们中间丢癞蛤蟆,这些癞蛤蟆是他们刚刚从田野里捉来的。他们挨了好一顿训,不过爸爸倒觉得这个惊喜很是有趣。

1853年11月17日

今天是圣伊丽莎白的节日!有个邮差从维也纳来,交给我一个包裹:这是弗兰茨-约瑟夫给我的礼物!我打开包裹,心怦怦跳着……是一个熠熠闪光的花束形状的胸针:每片叶子,每片花瓣都是钻石做的。谁戴过这样的珠宝呀?甚至在巴德伊舍的舞会上,我也没见过这么豪华奢侈的东西。全家人都围了过来,发出惊艳的叫声。莫娃诺想试戴一下,我便把胸针别在她的裙子上,结果胸针太重了,竟然撕坏了裙子的布料。普山欢呼道:"你啊,你开始让我们另眼相看了!"

因为我不想让别人对我另眼相看,就把胸针放在房间里。开始专心读那封和胸针一起寄来的信,这可比一堆钻石要闪亮、珍贵一千倍。我决定划船去我的岛上,在橡树枝叶掩荫下给弗兰茨-约瑟夫写回信。在这个季节,要是游泳过去怕是太冷了。

1853年11月28日

天气一直很寒冷。花园里的草木都凋零了,只有金丝桃最后几朵金色的小花还零零星星地开着。树林里一片寂静。几只凤头麦鸡扑愣愣地在农田上方盘旋。我喜欢漂浮着落叶的湖泊,阿尔卑斯山上绯红的树林……这样的景色预示着我们马上要回到慕尼黑去了。我记得我们只有一个冬天是留在波西度过的:那是1848年。那一年,从巴黎开始,革命仿佛是点着了的导火线,成燎原之势迅速蔓延。到处都是骚乱,街上竖起了路障,行路很不安全。爸爸认为还是留在乡下比较稳妥,于是我们就在这儿度过了圣诞节,安安静静,相安无事。现如今,城市都已经重归平静。马上就要到慕尼黑的聚会和舞会季了。不,我可不喜欢城市。哦，是的，我喜欢城市，因为弗兰茨-约瑟夫在那儿！

1853年12月1日

要离开波森霍芬了。像来时一样，五辆载着我们全家的四轮马车出发了。咪咪建议我说："如果你愿意，你可以驾驶一辆马车。在维也纳，别人可不一定会让你坐在马车夫旁边。"

我开心极了，一跃跳上了车夫的座位，甩响我的鞭子。早晨的太阳照耀着秋天火红的树林。我很高兴能再次穿越巴伐利亚的田野，此刻田野风光如此美丽，充满了绛紫、金黄的色泽。风开始猛烈地刮起来，我们吃中饭也没有耽搁时间，速战速决。但是途中还是好几次都把车停下来，因为玛贝尔用一个桶把他的蛤蟆都带出来了，他把蛤蟆都倒在马车里，把莫娃诺给吓坏了。我们甚至还得去找小溪，把桶装满水，要不然我们的记忆中就会留下死蛤蟆的阴影。

我希望玛贝尔能带着他的蛤蟆来参加我的婚礼，

好活跃一下气氛啊!

1853年12月5日

我们又来到了慕尼黑。整个城市都在迎接圣诞节的到来,到处可听见歌声,到处可看到装点一新的圣诞树。厨房里飘出肉桂和丁香的香味,他们正在烤传统的蛋糕。爸爸又玩起他那些荒诞不经的娱乐项目。他此刻装扮成亚瑟王,周围围着一圈骑士。他们最喜欢的游戏是根据给出的韵脚即兴作诗。我知道这个事情,因为小孩子们在他的起居套间天花板上发现了一个洞,他们透过洞偷看里面发生的事情。他们的书记员是玛贝尔,常常跑来向我汇报情况。好像上一次他们作诗的时候,每个人都作了一小节,用"老虎"和"岳父"押韵……我看出这是直接影射我的婚事。爸爸就喜欢嘲讽人。这句嘲笑话老在我耳边响起,让我极为不安。天哪，在维也纳，等待着我的将是什么样的遭遇呢？

1853年12月8日

咪咪什么都猜到了，今天早晨吃早饭的时候，她对我说："茜茜，待会儿来白色小客厅找我，我有话要跟你说。"

于是我就去了，挨着珐琅大火炉，坐在绿色天鹅绒的圈椅里，这是咪咪的小客厅里我喜欢的座位，从我小时候起就一直如此。

她开口了，声音很温柔："我看得出来，现在这个时候你很紧张，也很担心。"

我涨红了脸："我……马上……我就要走了。"

接着我趴在她肩膀上抽泣起来。在那一刻，我但愿自己重新做回小婴儿，而不是成为一个皇后。

我断断续续地说道："还有，这桩婚事……你想过没有，庆典要持续三天哪！报纸会报道，还会有各国元首，还有成千上万我不认识的人……那晚在歌剧院，我已经领教过了，我觉得这很可怕，哪怕弗兰茨-约瑟夫在我身边。这样的情况要持续三天啊……我肯定到时候我会一直想哭的……"

咪咪叹了口气："我明白。你那么独立自由，我们又从来没有朝这个角色的方向来培养你……一点都没有……哪怕是我，我也没法想象你在那么远的地方，在这个陌生的城市，那座富丽堂皇的宫殿里……"

她摇了摇头："别忘了你只有15岁！现在结婚确实很早呢！"

忽然她站起身说道："我要给姐姐写封信。我得建议她在波森霍芬举行这场婚礼。在乡下用家庭庆祝的方式，我们会更自在一点。而且，我觉得应该要推迟婚礼的日期。你还没有准备好，你还是个孩子啊。"

她压低声音说："我会提醒她，你今年4月份才第一次来月事，之后到现在为止还没有来第二次。你刚刚才进入青春期呢。"

我不禁哀怨道："哦，咪咪，你没把我来例假的日期告诉苏菲姨妈吧！"

妈妈的回答简直是五雷轰顶:"告诉啦!她在选择奈奈做她儿媳妇之前,就问我要奈奈的例假记录,我自然就给她了。而当弗兰茨-约瑟夫选你为未婚妻的时候,我又把你的也给了她。"

我崩溃了:她想要控制一切,那个深居维也纳皇宫中的人:我的裙子、我的牙齿,甚至是我来月事的日期!我什么都归她管,哪怕是最最私密的部分也逃脱不了她的掌控。

咪咪试图安抚我:"别生气啊!不管怎样,一个女人总归应该给她的丈夫养育后代的。这条定律对于富人穷人都适用。"

我走出客厅。我不想再听下去了。我感到恶心,像遭到了抢劫,被剥了一层皮一样。对维也纳宫廷来说,我伟大的爱情只不过是用来传宗接代的工具。真叫人想吐!

1853年12月10日

慕尼黑下了今年的第一场雪。裁缝总管问我选什么颜色做婚礼礼服，我随口答道"白色"，因为那时我正看着雪花飘落在花园里。

1853年12月18日

今天送来了弗兰茨-约瑟夫的一封信。信里满溢着他的柔情，他说我们举行婚礼那天将是"他一生中最神圣的一天"，但是他没有提到婚礼的日期和地点。苏菲姨妈到底有没有把我们的要求告诉他呢？

1853年12月19日，中午

苏菲姨妈的答复来了，非常简短：奥地利的皇帝不会在一个乡下旮旯里举行婚礼，而必须在他帝国的首都举行。余下的话应该不会很中听，因为妈妈都没有再看下去。后来一整天她都没有开口说话。我必须得瞧瞧这封信。我要让普山去帮我找来。

1853年12月19日，傍晚

普山挺机灵的。他等咪咪出门去城里的时候才溜进她房间去找那封苏菲姨妈的信。信放在咪咪第二个蓝色客厅的写字桌里。他刚才把信给我拿来了。

读着这封信，我仿佛骨鲠在喉：多么高高在上的语气！既侮辱我，又侮辱我的爸妈，我都要哭出来了。她说到我们是小家小户，我受到的教育十分糟糕，"我必须要开始予以纠正了"，她希望如此。她还说到我的着装，总念念不忘我的牙齿："弗兰茨-约瑟夫跟我说你的牙现在已经完全变白了。想必是你逼他这么说的吧……"

我应该要忘掉这些话吗？应该原谅她吗？我想要报复。愤怒让我浑身都动弹不得……后来我听到有说话声。我下楼，看到爸爸站在楼梯中央，正在给咪咪读一封信。看到我下来，他对我说："我很荣幸收到了巴伐利亚国王的来信。他像批评小学生一样把我——他的堂弟训斥了一顿。有人在宫廷里说起我组织的那些诗会，别人都不喜欢。我现在马上要成为官方人物了，马上要做皇后的父亲了。我应该装出一副高不可攀的样子，然后呢？你怎么看，茜茜，你觉得我有权利按我自己心意来接待朋友吗，还是应该遵守那些早已积满灰尘的规定啊？"

他的双目炯炯有神："维也纳宫廷仍旧遵循着查理五世时期的礼节。不管那些礼仪多么伟大，在这里，应该根据我自己的意愿来规定礼节。"

他挺直身子道："我是巴伐利亚公爵，我的生活方式只能由我自己来决定。"

我，我，我。我不由自主地想起普山的话："爸爸是个自私的人，只知道自己玩乐。"就此刻而言，这话说得再正确不过了。

忽然，他又转变了态度，说道："过来，茜茜，我给你看点东西。"

我们走下楼梯，他带我到他的起居套间里，而平时我们是没有权利踏进这里一步的。我穿过两个前厅,以及他那个庞大的图书室,来到他的工作间。他打开了一个珍贵的木盒,从里面拿出一段布料,我从来没见过,这是一种很特别的平纹细布,上面绣着叶子和星星,边缘缀着金色的流苏。靠近边缘处有一行字,是用阿拉伯文写的。爸爸用手指点着,一字一顿地翻译给我听:"噢!**多么美丽的梦!**这是我上一次在东方游玩的时候一位苏丹送给我的。我决定拿这块布料给我第一个出嫁的女儿做一条裙子。"

他抓着我的肩膀:"是你,茜茜,你是第一个出嫁的。你出门那天,我会给你办一个隆重的舞会,你将成为皇后,身上穿着这条独一无二的裙子……"

我任他说下去,结结巴巴地说了几句感谢的话就离开了。可怜的爸爸!他想要利用我来撑场面,来体现他比他堂兄更胜一筹。他爱我是把我当成他的影子来爱,就像苏菲姨妈一样,她在我身上看到的是奥地利君主政权的闪亮象征……

1853年12月20日

　　我凝视着窗外，直到午夜，都没有睡意。我听见远远地传来马蹄声，我奔跑着迎上前去，跳上马车，终于能依偎在他的怀里了！弗兰茨-约瑟夫，现在，你来了！真开心！幸福！光明！弗兰茨-约瑟夫，不管你想何时何地和我结婚，我都愿意。他把脸埋在我的头发里，喃喃道："还有三个月，之后我们就可以一起生活了，每天每夜，每夜每天……"

　　弗兰茨-约瑟夫，当听到妈妈想要推迟婚礼的那一刻我都快疯了。

1853年12月21日

　　奈奈用钢琴伴奏，给我们排练《我美丽的枞树》

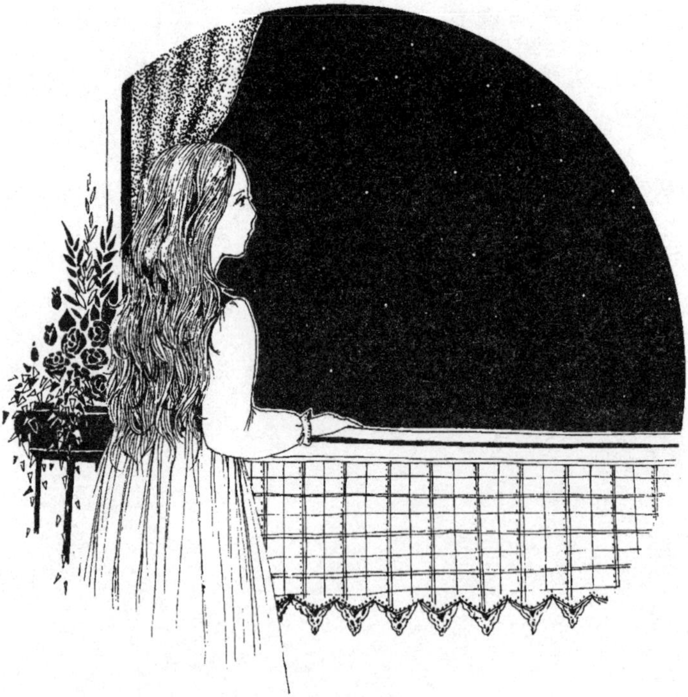

和《温柔的夜》,这是圣诞夜我们要唱的两首歌。弗兰茨-约瑟夫也过来和我们一起唱。他对我说:"和你们在一起,我感到很幸福。今年我不在自己家里过圣诞节,妈妈不太高兴,不过我才不管呢!三个月不见你,不,我做不到。"

接着他补充道,有点恍惚:"这是我第二次违抗她的命令。第一次是我选择了你而不是你姐姐做我的爱人。"

我的弗兰茨-约瑟夫穿着元帅的漂亮制服,23岁,以自豪的口气对我说他冒险忤逆自己的母亲,这番情景十分动人。他可是指挥军队的元帅,和俄国沙皇斡旋谈判的帝王啊。

随后他又对我说:"我们的宫殿正在建造。母亲命人在霍尔伯格为你造起居套间。你房间的主色调是白色和金色,窗帘上绣着哈布斯堡的双头鹰。她还给你定制了一套纯金的餐具。"

我不在乎什么纯金餐具。我只关心一件事:"难道我们不是睡在一个房间吗?"

他显得很惊讶:"不是,只有平民百姓夫妻俩才住一个房间。"

"平民百姓以及皇帝和皇后。"

他抱住我:"你啊,你一秒钟内就把保持了五个世纪的古老习俗给改变了。不过我们就照你喜欢的来做好了。"

然后他又补充道:"你知道,我嘛,我拥有一座富丽堂皇的宫殿用处也不大,我的日常作息就像一个战士一样:早上三点半起床,祈祷,吃过简单的早饭后,就开始办公,一直到中午……一边办公,一边看着你的肖像,随后就接见各色人等……"

我问:"那么我呢,在这么繁忙的一天里,我应该做什么呢?"

他又抱了抱我:"你啊,你是我生命中的太阳。"

这话说得又温柔,又饱含深情……可是并没有回答我的问题。当皇帝在书房办公的时候,皇后能做什么呢?皇帝对此一无所知。这个问题与他无关。

1853年12月26日

欢乐的圣诞,歌声,午夜弥撒,竖在壁炉前的八棵圣诞树，家里每个孩子有一棵，另外有一棵是给弗兰茨-约瑟夫的，各自交换礼物……

苏菲姨妈送给我一串紫水晶念珠，可是我更喜欢拿着我那串有圣埃蒂安像章的木质念珠来祈祷。她还把巴德伊舍的行宫送给我，她命人在行宫里新建了一个侧翼，组成了俯瞰的字母E的形状，也就是伊丽莎白名字的首字母。我从来没有想过收到如此出人意料的礼物。

弗兰茨-约瑟夫送给我一幅他骑在马上的肖像，还有……一只鹦鹉，可以养在我的养鸟室！它真是漂亮，身上披着粉红和绿色的羽毛，还有橘黄色的冠羽。它学人说话就像一个傻瓜，实在叫人捧腹。弗兰茨-约瑟夫当初发现它时眼前一亮，他说："我在美泉宫动物园里挑了最会说话的一只。"

我扑哧一声笑了出来："下次，给我带一头豹子来吧！"

我们给鹦鹉起了个名字叫埃克托，把它安置在养鸟室里，泰米斯和科蕾的旁边。我已经开始教它唱《我美丽的枞树》了。

1853年12月28日

今天,我对弗兰茨-约瑟夫说:"我要给苏菲姨妈写信,为她送我的礼物表示感谢。"

我决定向她示好,努力忘记那封叫人不快的信。

结果弗兰茨-约瑟夫回答我说:"你不应该再称呼她'你'了,而应该称呼她'您'。哪怕是我,她的儿子,也是称呼她'您'的。还有,你不能再叫她'苏菲姨妈'了,而要称呼她'非常亲爱和非常尊敬的皇太后'。"

我瞪大了眼睛看着他:"非常……什么?"

"非常亲爱和非常尊敬的皇太后。"他平静地重复了一遍。

这时我忍不住爆发了:"可是,归根到底,她是我的姨妈呀,咪咪的亲姐姐!为什么我们之间说话不能像所有人一样呢?"

"因为我们比所有人都要高贵。"他如是回答。

我真的一点儿都不明白。忽然,他一言不发,看上去好像一动也不动，仿佛是玛贝尔的那些小锡兵似的。更糟糕的是，我自己也好像变成了像他一样的一尊雕像。

幸好这时莫娃诺过来拉着他的衣袖，邀请他去玩捉迷藏。下一秒钟，他就拔腿跑进花园，躲在灌木丛里。他又变回了我那亲爱的弗兰茨-约瑟夫，我的疯子，推着我荡秋千的我的爱人。

可是在维也纳，没有秋千，也没有可以玩捉迷藏的小妹妹。难道他就要像尊雕像似的过日子吗？

"非常亲爱和非常尊敬的皇太后……"这会让人笑死……如果不是哭死的话。

❉

1854年1月3日

弗兰茨-约瑟夫走了。在感伤的夜里，他的信就像夜空中熠熠闪耀的星辰……

1854年2月10日

我很久没有写日记了。在这段灰暗的日子里，只发生了两件叫人难忘的事：一是我去慕尼黑大剧院观看了莎士比亚剧目的演出，我一字不落地听在耳中，细细品味。现在我不用奈奈的帮助，也不用请教鼹鼠小姐，就能每天花几小时自学英语了。

另一件事，是关于那位为我做婚礼礼服的小裁缝的。她叫玛莎，今年13岁。有一天傍晚，我撞见了她，这词用得很准确，她确实差一点撞倒我，当时她四肢着地，趴在过道中央。当我问她在做什么时，她哭了起来："我在找我的针，小姐。总管说如果我找不到，她就要开除我。要是被开除了，我该怎么办呀？当初我被录用，能为未来的皇后缝制礼服，是多么令人自豪的事情呀！"

我蹲在她旁边，和她一块儿在地板的每条木板间细细地搜寻。我们找到了三颗玛贝尔的弹珠，一枚皇后棋子[1]，一根鞋带，但是没有找到针。于是我把她带到我的房间，找出我的针线包。

"你拿五根针吧。多余的你就备着，我从来都不用的。"

她对我千恩万谢，把针别在了衣服上。她告诉我："我每天干12小时的活能挣一个弗罗林[2]，妈妈给人洗一天的衣服能挣两个，爸爸是泥水匠，他能挣三个，这样的话一家人就有六个了。有了这些钱，我们就能买面包，勉强够花。我们中的任何一个都不能出差错。"

在走之前，她又悄悄地对我说："在您的礼服上，我负责绣裙摆处的那圈花环。我会在第四朵花上添上一片花瓣。您婚礼那天，会看到我绣的东西的。请为我祈祷我也能找到一个丈夫。"

我一下子就喜欢上了她，这个憧憬着丈夫的小玛莎。明天，我要找个借口去洗衣房看看她。

---

[1] 指国际象棋中的皇后。
[2] 弗罗林是古代佛罗伦萨金币名，后来许多国家曾仿造过，材质有所不同。

1854年3月5日

我来到了一个疯子的世界。我参加了一个疯子的仪式。我不知道是否能把这件事讲清楚,这事实在是太荒谬了。

我试试看吧。

这一天是以三小时的化妆和梳头开始的。因为我的闺房太小,容纳不下这么大场面的准备工作,只好移到咪咪的蓝色客厅里进行。不过我能和玛莎一边聊天,一边准备这些繁琐的装扮,就觉得没有那么难熬了。

打扮停当后,我穿过白色客厅、游戏厅和音乐厅,来到画廊,爸爸让人用神话场景来装饰画廊的墙壁。全家人都在那里等我,还有好些法律学家、教士、医生。为什么会有医生呢?

随后来了一个小个子驼背,面颊松垮下垂,从头到脚穿着一身黑衣。他声音颤抖地朗读我的婚姻契约:老实说,我没怎么听:我正沉浸在遐想中,看着墙上讲述爱神和普赛克①故事的那些壁画。

后来听到一个数字时,我惊跳了起来:10万弗罗林。这是弗兰茨-约瑟夫每年拨给我用于"打扮、布施和小型娱乐项目"的花销。爸爸还会出于"父亲的爱和情谊"额外给我5万弗罗林。

15万弗罗林,就这么落进我的口袋里,像是雨点落在大地上一样,不要回报,供我专用,仅仅是娱乐的花销!我耳边不禁回响起玛莎的话:"我干12小时的活能挣一个弗罗林,妈妈能挣两个,爸爸能挣三个。有了这些钱,我们就能买面包,勉强够花。"

后来发生的事让我汗毛直竖。

奥地利皇帝,我的未婚夫,拨给我12000杜卡托②,由财政部按照法律清点完毕,会在我新婚之夜的翌日早晨装在钱匣中交到我手里……根据日耳曼旧时习俗,这是对我失去贞操的补偿。

太恐怖了!太可恶了!居然当着一百个人的面提

---

① 普赛克是希腊神话和罗马神话中的人物。在希腊神话中,她是人类灵魂的化身("普赛克"在希腊语意为"灵魂"),常以带有蝴蝶翅膀的少女形象出现。
② 杜卡托是旧时在许多欧洲国家通用的、铸有公爵头像的金币。

起我的新婚之夜！我的新婚之夜居然是由国家部门来付账！我觉得我要昏过去了……弗兰茨-约瑟夫，我的爱人，你为什么要用这些侮辱来折磨我？我能不能和你说说呢？

折磨还没有结束：

小个子驼背又打开另一本书，用他那山羊嗓音，一件一件地列数我的嫁妆，一件也不落下，每件嫁妆都加上价格。于是，在场所有人都听到了我的内衣清单：长睡衣、日用长袍、紧身胸衣、穿在裙子底下的裤子……什么都报出来了。我没法忍受了，感觉被剥光了衣服，像一个低贱的妓女一样被推到众人面前。然后，我得签名，接着我又听了那些没完没了的讲话……最后，我终于能逃出来，回到自己房间，扑倒在床上，因为感到极度羞耻而哭了起来。娜奈尔轻手轻脚地进来，坐在我身边，说道："我亲爱的小姐，您千万别这样啊！别人给您那么多好东西！您的未婚夫，他以为能让您开心的，他这样宠爱您。"

我一直在哭："我的未婚夫，我宁愿他只是一个裁缝！"

娜奈尔摇摇头:"不,您没法像一个裁缝妻子那样干活,从早上一直到太阳落山。您不习惯干活的……"

她的声音渐渐让我平静下来……我终于睡着了。我梦见亚当和夏娃赤裸着身子在伊甸园里漫步。

1854年3月10日

我和普山一起在骑马。突然,听到一阵尖利的嚎叫声,我感觉血管里的血液都要凝固了。路的尽头围着一群人。我问道:"发生了什么事?"他用马刺刺了一下马:"来吧,我们从另一条路回家。"

我却想去一探究竟,就径直走过去,分开人群。结果我看到的情景让我立在当场:几个士兵拖着一个正在呻吟的女人。其中一个士兵还在粗暴地拉扯她的衣服,并开始一边用鞭子抽她,一边大声数数。我开始浑身发抖,问一个路人道:"她犯了什么事啊?"

"行为不端!"那个人的回答很简洁。

我想朝那个折磨她的士兵冲过去,夺下他手里的鞭子,但是有人拉住了我的缰绳:是普山。他喊道:"你什么都做不了!现在过来!你明白吗?"

他拉走了我的马。我浑身发抖,任由他牵着走,就这样回到了家里。我不停地说:"太残酷了!太可恶了!"

"你为什么要过去看呢?"普山问我,"我也是啊,我也不能忍受,所以我选择走开……"

"胆小鬼!"我反驳他道。

普山被激怒了:"那你去改变法律和司法呀!你还在等什么?"

我转过身走了。马提拉伯爵在等我上课。我忍不住跟他讲述了刚刚发生的可恶的一幕。他叹气道:"在军队和学校里使用鞭子是很常见的,这种惩罚是用来平息反抗的。然而事实上,它却是所有革命的导火索。鞭打一个孩子会在他一生中积累起难以磨灭的仇恨。"

突然,他一拳砸在桌子上:"可是,玛丽-泰蕾丝女王,也就是您未婚夫的曾祖母,早就废止了酷刑。

鞭刑就算不是酷刑,也是一种耻辱的刑罚,一个人用鞭子抽另一个人,他能得到什么好处呢?"

接下来我们开始热烈地讨论自由、人权的问题,说了很多,一直谈到傍晚时分。我一定要说给弗兰茨-约瑟夫听听,是的,我必须要这么做。

1854年3月14日

他在我面前打开一个天鹅绒的首饰盒,从里面拿出一顶镶满宝石的王冠,把它戴在我头上,又在我脖子上戴了一串钻石项链。他对我说:"这是你婚礼上要戴的首饰,是我母亲给你的,她自己结婚时也戴过。"

弗兰茨-约瑟夫,你想要把我变成一个受人膜拜的偶像,可是我有别的事情要求你:"废除鞭刑吧。这是一种可恶的酷刑,和你的帝国是不相称的。"

他一点都没有料到我会说这话。他结结巴巴地说:"为什么跟我说这些?"

我讲述了那个被人拖来拖去的女人,还有她发出的嚎叫声。他睁大了双眼。他位于国家权力的顶峰,也从来没有见过这样的场景。我明白了,他是坐在书房里或是马车里统治这个国家的,从来没有深入了解过严酷的现实。他从来没有走路穿过马路,从来没有坐过咖啡馆的露台。他在高处俯瞰,很高很高的高处,那里聚集着这个世界的大人物。

"弗兰茨-约瑟夫,废除鞭刑吧!"

他很尴尬,不知道说什么好。他叹了口气:"呃,好吧,慢慢来,我们需要时间来改变人们的理念……而且我要征求我母亲的意见。"

我拿下头上的王冠,取下脖子上的项链,明明白白地对他说:"如果你不废除鞭刑,我就不接受这些东西。"

是真的:假如他继续支持这种毫无名目的野蛮行径的话,我就打算放弃他的帝国,甚至放弃他的爱。

于是,他把我拥入怀中:"我的小皇后可以向我要求任何她想要的东西。"

我赢了。

1854年3月16日

他离开前最后的幸福时光。我们两人在正式婚礼之前单独呆在一起的最后时刻。他在我身边,我就什么都不怕。

1854年4月10日

我们去波西住了几天。我慢慢地追寻儿时的温馨记忆,写下了一首诗:

再见了,安静的房间
再见了,古老的城堡

最初的爱情梦想啊，
你们沉睡在寂静的湖底
再见了，光秃秃的树木
还有你们，灌木和矮树丛
当你们重新披上绿衣时，
我就将远走他乡。

随后我去爸爸的图书室找那本海涅的书，我要带去维也纳。

1854年4月15日

我的嫁妆装了25个箱子，在我动身之前就送去了维也纳。娜奈尔告诉我城里有一些流言蜚语，说我的嫁妆在奥地利贵族眼里是十分寒酸的，他们早就习惯了比这奢侈上千倍的东西。管他呢！他们要说，就让他们去说吧！她还告诉我，有人不小心透露了我的婚礼礼服是白色的。于是，所有的年轻姑娘都想穿白色婚纱结婚了。好像是我开启了这种时尚。我对此也不在乎。我已经决定在我婚礼结束后第二天就把礼服捐给教堂，让他们做一件祭祀披风。这样一来，我坐在奥地利的皇后宝座上时，我身上的一部分会一直在教堂祈祷。

1854年4月19日

我明天出发去维也纳。我和家里所有人都道了别。我和娜奈尔握了手，她是我永远的朋友，还有巴泰莱米。我和沃尔芬男爵夫人握了手，我以前上课不专心，曾经让她很生气。我和我的小玛莎握了手，她为能给我的礼服绣花感到十分自豪，还有鲁迪小姐，是她告诉咪咪弗兰茨-约瑟夫向我求婚的消息的。最后，我和马提拉伯爵握了手，对于他来说，我身上背负着他祖国的希望。我给每个人都送了一份礼物。我知道在很长一段时间内我将见不到他们。我知道他们不会陪我去维也纳。苏菲姨妈——非常亲爱和非常尊敬的皇太后——明确下了命令：我不能带走家乡的任何一个男人或女人。我的人生翻过了一页。

1854年4月20日

我们坐着一艘饰满鲜花的船,沿着多瑙河航行。在河岸上,到处都有当地的民众朝我欢呼,挥舞着手中的帽子。

"微笑!微笑!挥挥你的手绢向他们致谢啊。"咪咪不停地嘱咐我。

我笑不出来,我真想躲起来,离这些贪婪的人群远远的。好像他们会从地底下钻出来,从墙上冒出来,从树后面窜出来,嚷嚷着:"伊丽莎白万岁!"

他们朝我抛洒鲜花,朝我朗读诗句,就像是朝我抛套马索套住我一样。救命啊!我要窒息了!

1854年4月21日

我婚礼那天,身上要戴满沉甸甸的珠宝,连走路都困难。我要一动不动地保持几个小时,一一接受别人的致意。要是我内急怎么办?"很简单,"咪咪告诉我,"为了避免这个麻烦,从婚礼前夕开始,你就不能喝水了。"这是要渴死我啊……

1854年4月22日

他在林兹驿站,向我跑过来,我那穿着制服的英俊王子,他跃上栈桥,把我紧紧地抱在怀里,对我说:"我不想等了,我抛开了一切,我的公文,我的大使们,我骑快马赶来看你……两天后我们就要结婚了,你就将完完全全属于我了……"

他在我身边,我就什么都不怕。

1854年4月26日

我是谁?在这座阴暗的宫殿里我变成了什么?一个影子?还是一具缀满钻石的木乃伊?

自从弗兰茨-约瑟夫在林兹驿站栈桥上和我见面以来,我第一次又拿起笔写日记。我得一一叙述那些我不得不参加的仪式。我总是没法做到规范行事,老是做蠢事,表现得笨手笨脚的。我记得有一个白头发的男子,胸前挂满了勋章,在我面前深深地鞠了一躬:"尊贵的殿下,我向您致以最崇高的敬意。"

我转过身,只看到墙壁,于是突然不无惊恐地意识到这位"尊贵的殿下"正是我自己,他是在向我"致以最崇高的敬意"!还有一位女士,年纪和我祖母差不多大,一边注视着我,一边一直保持着屈膝礼的动作。我还在寻思她这个滑稽的动作到底要做多久时,弗兰茨-约瑟夫用手肘推推我:这位女士其实在等我屈尊把她扶起来。结果我做了什么呢,我一边道歉……可是这时候,千万千万不能道歉!后来我从马车上下来的时候,王冠被钩住了,这似乎意味着国家形象受到了不可挽回的损伤。再后来,我又置身于一群戴满亮晶晶首饰的女士们中间。没有人开口说话,在这种压抑的沉默中被所有人盯着看,我感觉自己浑身都僵硬了。我后来才明白，如果我没有首先开口和她们说话，她们是没有权利和我说话的！我怎么会知道啊！

最后，在犯了这么多错误之后，我在人群里认出了两个扎着一堆发带的女孩：阿德贡德和希尔德加德——我亲爱的表姐们！她们答应我要来就真的来了！我快步跑过去和她们拥抱。这时我听到我婆婆冰冷的声音："奥地利的皇后不能扑过去拥抱她的臣民。她应该把手给他们以供亲吻。"

受够了！我甚至没有权利对我的家人表示亲热！我的眼泪忍不住夺眶而出，只能躲到旁边的房间去。弗兰茨-约瑟夫过来看我。他试图安慰我："我知道你没法忍受。试着再坚持一会儿吧，我会看看能否取消某些社交礼仪。"

我靠在他手臂上，还要和他一起出席几个小时的盛大庆典。我心里只有一个信念依旧鲜活：那就是我在教堂里许诺给他的爱情，并且我请求上帝让这份爱持续到永远。

1854年4月27日

我是一台自动机器,是一个提线木偶,只会不停地脱衣服,又穿衣服:为了接待来祝贺我结婚的罗马尼亚代表团,我必须穿上一条罗马尼亚式样的裙子;要接待捷克人,又要换上捷克式样的裙子。弗兰茨-约瑟夫站在我身旁,让我挽着手臂,他也一样,一会儿穿捷克军装,一会儿换上罗马尼亚军装,接着是斯洛文尼亚军装,希腊军装……

正在我们忙于这些令人筋疲力尽的苦差事时,内侍来报告,又有一个代表团来访:是匈牙利的政府要员。匈牙利!马提拉伯爵的祖国!我的心开始狂跳起来,我耳边回响起他颤抖的嗓音:"小姐,在您成为皇后以后,请不要忘记苦难的匈牙利啊!"我可以着手实现他的愿望了,哪怕我离他很远,哪怕他现在还不知道。我来到自己房间,找到了一条漂亮的匈牙利式样的粉红天鹅绒裙子,上身是黑色的,还贴着花边。

"这条裙子是苏菲皇太后给您的礼物。"侍女们一边鞠躬一边对我说。

我满心欢喜地让人帮我穿上,我要所有的细节都精心修饰过,上身要系得尽可能紧,使裙摆看上去就像围着我的一团花冠。最后,我戴上我的钻石胸针,还有圣伊丽莎白的首饰。弗兰茨-约瑟夫过来找我,他也穿了一身匈牙利式样的服饰。他让我挽着他的手臂,我感觉到从他手中传来温暖的力量。在人群之中,我们只能通过轻轻地握握手来相互交流。我们向大会客厅走去,那里的天花板雕饰繁复,高台上的宝座正等着我们。

匈牙利人已经到了。郑重其事地行了屈膝礼,献上礼物,庄严地说出贺词:"在陛下和皇后大婚之际,我们无限荣幸能向二位致以我国人民谦卑的敬意。"

结果,让所有在场的人都目瞪口呆的是,我居然用匈牙利语回答他,噢,也没说什么重要的东西,不过是几句表示欢迎的礼貌话罢了,不过我看到他们的脸上露出了喜色。他们的确没有预料到,于是用他们自己的语言齐声向我们欢呼:"愿上帝保佑陛下和皇后长命百岁！"

我感觉到这不仅仅是一句客套话，其中包含了寄予我的深切希望。

在接下来的晚宴上，我发现我的婆婆狠狠地盯着我。显然，她并不欣赏我自作主张。而弗兰茨-约瑟夫却十分高兴："你把他们征服了，比大使做得还要好。"

最激动的是奈奈："你看，我鼓励你学外语是有道理的啊！"

她是用英语跟我说的，英语是我们在维也纳说悄悄话的语言。奈奈是对的：要逃离这个令人倍感压抑的宫廷，我只有一个办法，那就是用它不懂的语言说话。

1854年4月30日

我的婆婆无处不在，无时不在，从早到晚，都夹在我的丈夫和我之间：我的新婚之夜，她在那儿，坚持要护送我到床边。第二天早上，她在那儿，要求我出席家庭早膳。为什么呢？为了向她儿子问话？为了观察我的气色，好猜测新婚之夜发生的种种？

还有，她不让我们晚上单独出去约会，硬是要给我们安排一队随从。要是我丈夫狩猎归来时我跑出去迎接他，我就会被她狠狠地训斥，理由是举止不庄重。有一次，我擅自离开了我们那时居住的拉克森堡，陪着弗兰茨-约瑟夫回到了维也纳，两人一起度过了一天。晚上，我们就被叫去训话。他——奥地利皇帝兼波西米亚国王、耶路撒冷国王——低着头，就像个小学生似的。她还要求我早上穿着盛装散步。散步？从今往后我还有权利散步吗？不管我到哪里，身后总是跟着五个沉闷无趣的贵妇，她们会向她报告我的一举一动。年纪最大的那个叫埃斯特哈奇伯爵夫人。她负责教我宫廷礼仪。特别要紧的是，我必须牢牢记住我周围二百多号贵族的级别。她说的话大致是这样的："施瓦岑伯格一家通过和温迪施格拉茨一家联姻，成为了阿伦伯格一家的亲戚，温迪施格拉茨他们是普鲁士国王的后代，奈普格一家在……战役中爵位升至了公爵……"

她说这些或者别的什么,我都没去听她,我塞起自己的耳朵。可是她依然絮絮叨叨地说,丝毫不受干扰:"有几位公主有权不经敲门就可以进入您的起居套间,而其他公主必须等您邀请她们才能进入……"

最后,我问了一句:"这很重要吗?"

她惊得跳了起来。很显然,这个问题让她很窘迫,似乎在一瞬间,她的世界就像纸牌搭的城堡一样轰然倒塌。她告退了……是倒退着走开的!我忘记说了,在我面前,所有的女士都必须倒退着离开,就像一只只虾似的。

1854年5月8日

在维也纳宫廷,人们从不读书。那么,那些贵妇们啜饮撒了巧克力粉的精致咖啡时,都谈论些什么呢?无非就是别人的一举一动。在维也纳宫廷,人们是戴着手套上桌吃饭的。在维也纳宫廷,既没有厕所,也没有自来水。假如我感到内急,我必须拉铃叫女仆，她会带一个木桶来。我在一扇屏风后头方便完，她再端着便器从帘子遮住的一道门出去。仆妇们收拾完我们用过的剩菜，收集了我们的脏衣服，也是从同样的门出去的。在隔板后面，她们给巨大的珐琅质炉子添上木柴，给房间供暖。有一次，一个小女仆怯生生的模样让我想起了玛莎。我试着和她说话："都五月了，这天气还是有点冷啊，您不觉得吗？"

结果，她惊恐地落荒而逃。于是我得出结论：我是一个怪物，和正常人类再也没有任何关系了。

1854年5月10日

我想我开始理解弗兰茨-约瑟夫了：上帝从一开始就选择了他来领导奥地利帝国。他对此深信不疑，自信满满，他母亲从他很小的时候起就对他反复强调这一点。绝对君权是他从祖先那里继承来的神圣遗产。哪怕他和某个人分享这一权力的一丁点儿，也是对自己犯下了一个十分严重的错误。所有那些在我看来十分荒谬的生活准则让我们拥有至高无上的地位。所以，假如我不慎记错，将公爵夫人叫成男爵夫人，或者反过来，那么我就等于在君主统治的大厦上划了一道缺口，革命的毒气就会乘虚而入。

我佩服我的丈夫，他在23岁的年纪就对自己的使命怀着坚定不移的信念。但是，为什么他要选择我和他一起过这种雕塑般寸步难移的生活呢？我是风，是鸟，是自由啊。

可是，我还是爱他，我的弗兰茨-约瑟夫，他像正义女神一样刚直不阿，尽管他把我的梦想当成不切实际的"腾云驾雾"，尽管他以为只要送我珠宝首饰就能解决我的一切问题……

1854年5月13日

我再也没法忍受了，我讨厌我的婆婆，还有她那些可恶的伯爵夫人们，我讨厌维也纳。我只爱弗兰茨-约瑟夫,可我老是见不到他,他一直呆在书房办公,晚上,在剧院包厢里,我们好不容易能在一起,他又筋疲力尽,倒在椅子里打起了呼噜。

我想要在波西自己的房间里醒来,望着窗外的阿尔卑斯山,穿着睡袍在外面跑。我想要娜奈尔一边给我梳头,一边跟我讲洗衣池边听来的八卦新闻,我想要玛贝尔把他的蛤蟆放在我的房间里,我想要和莫娃诺玩洋娃娃。我想要听姐姐弹钢琴,闻着从厨房飘来的酸腌菜的味道。我想要咪咪,我想回到巴伐利亚。

1854年5月20日

我从巴伐利亚带来的,只有我的大鹦鹉、虎皮鹦鹉和狗。什么神圣不可侵犯的礼仪,管他呢!我教鹦鹉唱巴伐利亚民歌,和施纳普尔一起吃中饭,它趴在我腿上,有时候我会给它捉虱子。因为在这儿它们是我仅有的朋友……

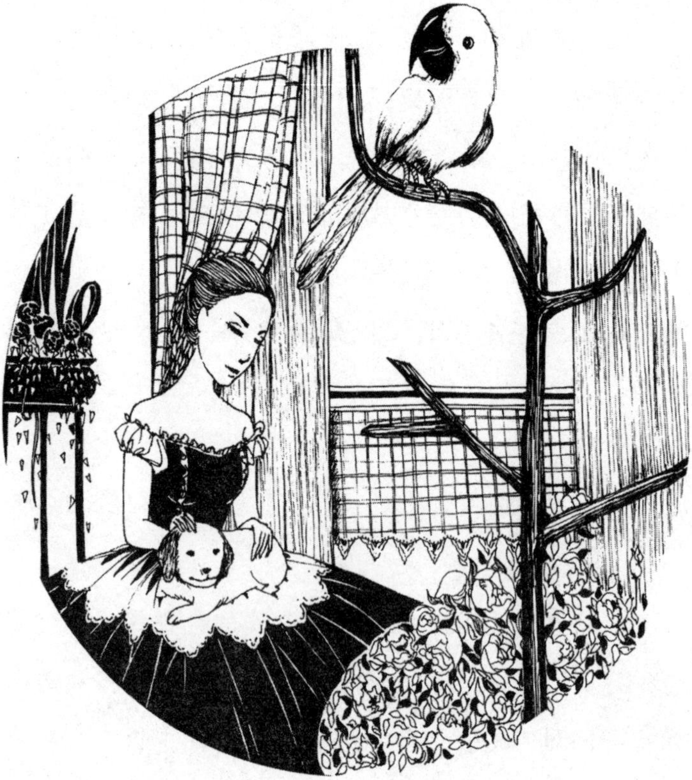

1854年5月23日

只有一首诗能表达我今天内心的哀伤：

我被放逐在此，
春光明媚又与我何干？
我好想你，故乡的太阳，
还有你们，伊萨尔河两岸的风光。

1854年5月28日

弗兰茨-约瑟夫知道我很不愉快。今天，他叹着气说道："请原谅我有时候撇下你一个人。这场克里米亚战争实在是让我烦心！尼古拉一世把我当成胆小鬼和叛徒，因为法国人和英国人联合攻打他的时候我没有介入。他怒不可遏，说不定已经把我的半身像送给了他的仆人。他是我最知心的朋友，如今却恨我入骨。"

他有片刻出神，接着又说道："听着，我们不久要去访问波西米亚和摩拉维亚，对他们表示感谢，因为他们在1848年席卷欧洲的那场革命中仍然忠于我。这趟旅行可以让我们散散心，换换思路，维也纳宫廷把你压得喘不过气来了。"

我喃喃道："终于能和你一起出去了！"

"是啊，"他接着说，"当然还是会有一些官方仪式。不过你也可以访问医院、收容所，还有孤儿院，这样就能帮我不少忙了。你可以体现出我们对人民的关爱。"

我不知道为什么，这个差事很对我的胃口，也许是因为马提拉伯爵的声音一直在我耳边回响："小姐，请做我们的保护人……"

接着他建议道："在出发之前，你如果愿意，可以邀请你弟弟查理·特奥多尔过来和我们一起住几天。"

我立刻就给他写信。一切都安排好了。他后天就到。真幸福啊！我又能见到普山了！

1854年6月1日

我和普山在一起是很放松的。我终于有个能说心里话的人了！我什么都对他说，说我枯燥的生活，整天头上戴着一顶王冠显示我丈夫的权力，说我丈夫无法反抗他母亲，说这个头衔就像笼子的铁条一样束缚住我。普山静静地倾听着，试着给我分析："在各种各样的情形下，每个人都能够一步一步地争取自由。你热情地接待匈牙利代表，这是第一场胜利。你拒绝每天都换鞋子，取得了第二场胜利。你写诗歌，排除障碍读海涅的诗，又是向自由独立迈出了一步。"

当得知我马上就要出远门，还要去访问医院时，他有了一个主意："多参观些地方，到处都去看看，哪怕是疯人院也好，剧场也好，多和人交谈，多问些问题，问问他们哪些地方可以改进，然后写信告诉我。以后，我要改善我们国家的健康卫生情况，我需要知道实际是怎么回事。你可以帮我不少忙……"

帮忙！我就需要这个来重新振作！我向他保证每天晚上都向他汇报真实情况，我们带着这个保证出发了。

1854年6月7日

我坐了火车！普山说得对，速度确实快得惊人。我们一早从维也纳出发，当天傍晚就到达了波西米亚。太令人震惊了！可是，好大的烟啊！好响的噪音！火车头被命名为"普洛塞庇娜[①]号"，用鲜花装饰一新，我们的车厢外包裹着白色的缎子，这和浓烟、噪音一点儿都不搭调啊！在月台上，弗兰茨-约瑟夫冲我喊道（他一直为我担惊受怕）："小心台阶！"

我回答道："是啊，这真棒！"

这句牛头不对马嘴的回应让我的第二位陪同贵妇宝拉·德·贝尔加德乐不可支，笑个不停。就在这时，

---
① 普洛塞庇娜是罗马神话中的冥界的王后、冥王哈迪斯的妻子，即希腊神话中的珀耳塞福涅。

一块煤屑掉进了她的眼睛，笑声戛然而止。我建议她千万不要用手去揉——碰到这种情况娜奈尔一向是这么跟我说的——她哭了起来，煤屑就随着她的眼泪淌走了。

她对我感激涕零……也许我们两个人开始成为朋友了吧。我们不停地望向窗外，将外面的风景收进眼底，那些红色屋顶的小村庄，就像玛贝尔搭的积木。

到了那儿，有一支军乐队在等着我们，随后安排了和城里达官贵人们一道晚宴。明天，弗兰茨-约瑟夫会去巡视军队，与此同时，我要去参观一所孤儿院，接着去参观一所医院。

1854年6月13日

现在，我觉得我在参观孤儿院时基本上可以掌控住场面：院长过来接待我，还有她的助手们。看到我时，她们都向我深深地行屈膝礼，头都快碰到地面了。我明白我绝对不能以同样的动作向他们回礼，不然会把他们吓坏的。所有人都期待着我高傲地微微点下头，作为应答，我没有让他们失望。只有在这些固定的开场礼仪完毕后，我们才能真正地开始交流：人们把我带到几个教室里，有一些小女孩，像洋娃娃似地排成整齐的队列，为我唱歌或在我面前跳舞。我看到一条鞭子，我把它扔到了炉子里，因为我的原则是不应该打孩子。随后，我要求参观餐厅。我尝了尝餐厅的汤。在我看来，汤太稀薄寡淡了，我要求他们以后在汤里多加两倍的蔬菜和肉，并且宣称我会派监察员来核查的。为了给孩子们改善伙食，我给孤儿院拨了一笔津贴，并告诉他们我会持续资助。接着，是孩子们课间休息时间，我和她们在一起，感觉终于能放松下来了：我和她们一起跳圆圈舞，玩捉猫猫的游戏①，我被捉住的时候，小女孩们开心地大笑，我们还互相打趣。后来，钟声响了，孩子们又要开始上课了。我又重新摆出皇后的姿态，宣布为了纪念我的这次来访，我将废除所有形式的处罚。孩子们鼓起掌

---

① 捉猫猫是一种多人游戏，捉猫猫的人追赶其他人，如果碰到某个人，那么后者就自动变成捉猫猫的人，继续去追赶别人，直到碰到其他人为止，依次循环。

来，依依不舍地送我离开。老师们对我行了最后的屈膝礼，登上马车后，我才能一边模仿着院长和老师那些做作的样子给宝拉看，一边和她痛快地笑出声来。

1854年6月14日

我想紧接着讲讲去疯人院参观的事情，便于回忆起所有的细节，好向普山汇报。

当时，全体医生都出来迎接我。礼节上的问候完了，他们就带我参观女疯人室。有些病人在织毛衣，其他人则一动不动，眼神呆滞。好像有一个女护士想要组织这一小队的人玩游戏。接着我参观了一个餐厅，相当干净，还有宿舍，相对来说也比较整洁。接下来就该送我出去了。不过他们想摆脱我可没那么容易。我用最郑重威严的语气问了一句："我看到的就是全部吗？"

那个看起来像主任医师的人支支吾吾地说道：

"还剩下狂躁病人那栋楼。不过我不知道皇后陛下是否能忍受……"

我命令道:"请带我去!"

这实在是滑稽可笑,一位经验丰富、学识渊博的老医生,在他自己的医院里,还必须得服从一个16岁女孩的命令,就因为她头上戴着一顶王冠。我现在决定好好利用这种荒诞的规则。于是,他们带着我,犹犹豫豫地来到医院的另一侧。然后,我看到……一些可怕的场景:病人们躺在肮脏的稻草上,就像畜栏里的牲口一样。护士——或者称之为苦役犯看守更加恰当些——手里拿着棍棒。有一个年纪挺大的病人,长得很高,络腮胡,赤身裸体,别人见我进来,试图给他穿衣服,而他则奋力挣扎着,撕扯自己身上的衣服。还有一个,衣衫褴褛,面部肌肉不停抽搐,走过来邀请我跳舞。一开始我后退了一下,后来我和他跳了几步舞。其他的病人都被链条拴在墙上,不知道为什么要这样做。地砖破碎零落,墙壁潮湿阴冷,空气中充斥着一股恶臭,这个人间地狱,从来没有人来清扫过。

我走近病人,和他们说了几句话,我要求把链条卸掉，这完全没有必要。就像之前在孤儿院一样，我要求参观厨房，结果也是恶臭难闻的。于是，我下了命令：必须改善卫生条件，必须清扫维护各个角落。我要求他们打扫清洗每个房间，拨了一笔款子让他们去给病人添置衣服，改善伙食，并宣布会派监察员定期来视察。然后我十分威严地离开了，很可能让他们松了一口气。

我回到了旅店，感到很恶心。现在我得赶快换衣服。弗兰茨-约瑟夫刚刚派来一辆马车，我们要一起出席阅兵式。但愿这不会持续很久，我一点儿都不想看到士兵，也不想听铜管乐。我只有一个愿望：泡一个热水澡，然后上床睡觉。可是在这里，没有人见过浴缸，即便是有，别人也从来不问我想要什么。

1854年6月15日

我在阅兵式的时候着凉了，咳嗽个不停。当时，正是在最庄严的时刻，走在军队最前头的将军在我们面前站定，向我们致意，突然一场暴雨兜头浇了下来。将军仍然保持冷静。弗兰茨-约瑟夫无所畏惧，处之泰然，哪怕是军帽上的羽毛被雨打落，顺着脸颊淌下来，他也不动声色。而我运气更差，我的低领上衣和蓬松的裙子被雨一打，都垂下来贴在身上，真是狼狈不堪。我们都是雕塑，季节变化和大风大雨都奈何不了我们，我必须得说服自己相信这句话。

结果，我没能出席晚宴，感觉身体很不舒服。

1854年6月20日

我和宝拉一起回到了维也纳，留下弗兰茨-约瑟夫一个人继续他的访问之旅。今天清晨，我一直觉得头晕。

到了下午，我感觉好多了，宝拉就来找我，出了一个好主意：我们俩装扮成普通市民，偷偷去维也纳的商业街上溜达溜达。她甚至已经准备好了要换的衣服。我们立刻付诸行动，在我婆婆的眼皮子底下，从宫殿的一道小门溜了出去，来到大街上。这真是有趣！没有人认出我们。我们走进商店里，试戴各种帽子。最后，我们坐在一家咖啡馆的露台上，一边尝遍了几乎所有的蛋糕，一边悠闲地看着往来的行人。

我对维也纳的糕点改变了看法，这里的糕点特别美味，无与伦比，特别是斯特鲁德蛋糕，里面是杏仁和葡萄干，面上裹着一层掼奶油。真是太好吃了！

1854年6月25日

我没法再去城里游逛了，因为实在是没有力气了……现在，我头晕的症状会持续到下午，整个人昏昏沉沉的，只想上床睡觉。甚至都没办法下楼去小教堂做晨间弥撒，连跪在跪凳上祈祷都不行，头太晕了。很高兴我的床头有一尊彩绘圣母像，看着她，我就感觉好一点。

1854年6月26日

今天早上,用早饭的时候,我婆婆用一种审问的眼光看着我:"你的脸色很苍白,孩子……"

我做了一个鬼脸:"对啊,我觉得有点不舒服……"

"你注意过你的月事周期吗?"

又问这件事!我一点都不想和她讨论这种问题,就站起身来:"我去骑马散会儿步。"

"别再骑马了!你这次月事推迟了七天。你很有可能怀孕了。"

我的双臂垂了下来,我居然被监视到这种程度,她怎么知道我月事周期是多久?

"洗衣女仆会定期向我汇报,"她猜到我心中的疑问,便解释道,"而且,我已经写信跟我儿子说了。等他回来后,他得控制一下对你的热情了。"

我转身走了,到了自己房间里,我感觉彻底崩溃了:这个讨厌的女人,这个泼妇,居然比我自己还先知道我怀孕了,她还抢先告诉了我的丈夫!我从来没有这样厌恶过一个人。

1854年6月28日

宫廷御医施伯格医生给我做了检查，确认我怀孕了。

我怀孕了。我怀了弗兰茨-约瑟夫的孩子。

也许这很平常，也许这是一件惊天动地的大事，或许两者都是吧。

我怀孕了。我怀了弗兰茨-约瑟夫的孩子。

1854年6月30日

鉴于现在的身体状况，我不能骑马了。我受不了待在房间里,受婆婆的严密监视,她每个小时都要来看一看我在做什么。我只剩下唯一一项娱乐活动:照看我的鸟。结果,连这个都被她剥夺了。今天早上我去养鸟室,发现那里一只鸟都没有。我所有的鹦鹉都不见了。它们去哪儿了?发生了什么事?直到中午吃午饭的时候,我才得到解释。我婆婆对我说:"我把它们送到动物园去了。怀孕的女人不该看鹦鹉,不然她生出来的孩子会长得像鹦鹉的。"

真是愚昧至极。

1854年7月1日

我的英俊王子得知这一消息后,马上中止访问回来了。他跑进我的房间,把我抱在怀里,喜不自胜,他感谢上帝,他要把这个好消息昭告天下。

然而,他觉得最好把我更彻底地托付给他母亲:"你什么都要听她的,她会照顾你,用她的经验来帮助你。要绝对相信她,好好地度过孕期。"

弗兰茨-约瑟夫,你是我生命中的男人,可是你为何让我这么恼火!

1854年7月2日

在维也纳,我找到了一个朋友——宝拉·德·贝尔加德。现在,我还有一个庇护所——圣皮埃尔教堂。晚上,我会裹着大衣去教堂。我找到一条可以出宫殿的小路,比那扇正式出入的大门要隐秘得多,那儿有十个卫兵,远远地看到我的马车就开始对我行礼。教堂的圣器管理人专门为我开门,我进去后,他又把门关上。我坐在长凳上,就像一个普通的教徒一样。我听着管风琴的声音,演奏者为了明天的弥撒正在练习。我望着每一座雕像,圣罗赫、圣路易、捧着一颗心的圣泰蕾丝,还有圣伊丽莎白——温柔的匈牙利王后,24岁就香消玉殒了。我在那儿呆了很久,在镀金的穹顶下,在缭绕的燃香中,在摇曳的烛光里。也许我还做了祈祷。后来回去的时候,我又有了力气承受……这一切。

1854年7月5日

好消息：我们又要去巴德伊舍了，那个神奇的地方，我就是在那儿遇见弗兰茨-约瑟夫的。我的婆婆不会去，太棒了。咪咪给我写信，说她一定会带莫娃诺和普山来和我们会合。她决定也坐火车来。我们全家人都在果断地追随进步的趋势啊！

1854年7月10日

我们在巴德伊舍了。我又重新过上了恬静的乡村生活。弗兰茨-约瑟夫也是，他那么快乐，那么放松，远离宫廷的一切束缚。他自己也承认过得很舒心。只有他的弟弟路易-维克多吃早饭的时候板着脸，因为大伙儿都是零零落落地来用餐，还忘记把手套戴上，而且还自己动手拿果酱或是黄油，不拉铃叫仆人代劳。我想他会写信给他母亲汇报这件事的。唉，他爱写不写吧！

我们现在有浴室用了，这是我梦寐以求的呀！

在这人间天堂，还有唯一一道阴影：咪咪还没有来，但愿她一路上没有什么烦心事需要耽搁。

1854年7月12日

一直没有咪咪的消息。出什么事了？我开始担心了。

1854年7月13日

真是混乱！真是个叫人笑痛肚皮的误会！我明白为什么没有收到咪咪的信了，她发过一封电报通知我，电报是这么写的：7月13日到达，和普山、莫娃诺一道。咪咪。这封电报只送到了我们别墅的门房手中。他寻思了好久，这个要带一只小鸡和一只麻雀①来的咪咪到底是谁。尽管迷惑不解,他还是去火车站接人了,为以防万一,他还带上了两只鸟笼。火车到站了,他左看右看,寻找着那位带着鸟来的咪咪。而咪咪就在他旁边,她和孩子们还有贴身女仆都感到很奇怪,为何没有人来接他们。幸亏我的妹妹拉了一下咪咪的裙子,问道:"咪咪,为什么我们要在这里等啊?""别担心,莫娃诺!"

门房听到这话跳了起来,他走近来,做了自我介绍……结果发现他面前的就是巴伐利亚公爵夫人——皇后的母亲!

于是他就把他们带到我们的别墅来……没有人料到他们会来!这可是一个大大的惊喜。我下令马上为他们准备房间。这下好了,我们都齐聚一堂了,我又有了在波西的感觉。真幸福啊!咪咪细心地照料我,告诉我刚怀孕的时候感到恶心是很正常的。我希望她能陪我一起回维也纳,但她觉得不妥。她说,她不想和她的姐姐苏菲竞争,在维也纳,苏菲正在扮演我母亲的角色。

---

① 普山(Poussin)和莫娃诺(Moineau)的昵称和法语中的小鸡(poussin)、麻雀(moineau)正好是同样的单词,因而造成误会。

1854年7月20日

咪咪给我看了她姐姐寄给她的信。我边看边惊讶得合不拢嘴：什么我们在拉克森堡度过了"最最幸福的蜜月"。根本就没有蜜月，她到哪儿都跟着我们！至于我，我是个"温柔可人、虔诚沉静、谦逊有礼的姑娘"。

脑中出现这样的形象，我不禁激动地哭了。

1854年7月30日

我很久没有写日记了，大概是因为在家中的日子太自在了吧。弗兰茨-约瑟夫必须得回维也纳了，克里米亚地区的战争迫在眉睫，他十分担忧。他一走，我就感到空虚烦闷了。

1854年8月18日

弗兰茨-约瑟夫回来了，和我们一起庆祝他的生日。他不想再离开了。我也是,我害怕和他分开。我想要一辈子都和他一起住在这里。**噢时间,停住你飞逝的脚步吧!** 这是法国诗人拉马丁的一句诗。

1854年9月15日

数只寒鸦在田野上空盘旋,光秃秃的树木,秋天……我不想回维也纳去了。

1854年10月4日

到底是我的婆婆怀孕还是我怀孕呢?我想是她吧,因为她为了孩子降生已经准备好了一切,都没和我商量:孩子的名字?鲁道尔夫——哈布斯堡王朝奠基人的名字,或者苏菲——和她一样。婴儿房呢?设在她的房间而不是我房间的隔壁。孩子的家庭教师?

威尔登男爵夫人。她是因为经验丰富、学识渊博、教学有方才被选中的吗？不，她没有孩子，而且我从来没见她捧过一本书。威尔登男爵夫人之所以被选中，是因为她的丈夫是在镇压匈牙利起义的时候阵亡的！！！

1854年11月10日

我很久没有写日记，因为我没有力气。不管怎样，我还挺乐意做病人的。我婆婆只要见我站着，就会挽着我的胳膊，逼着我去外面散步，好让平民们能隔着花园的栅栏看到我大腹便便的样子，为奥地利帝国未来继承人的出生而欢呼雀跃。

我怀的是未来的奥地利皇帝吗？

假如是个女孩呢？

1855年3月5日

她在这儿，我的小苏菲，弗兰茨-约瑟夫和我刚

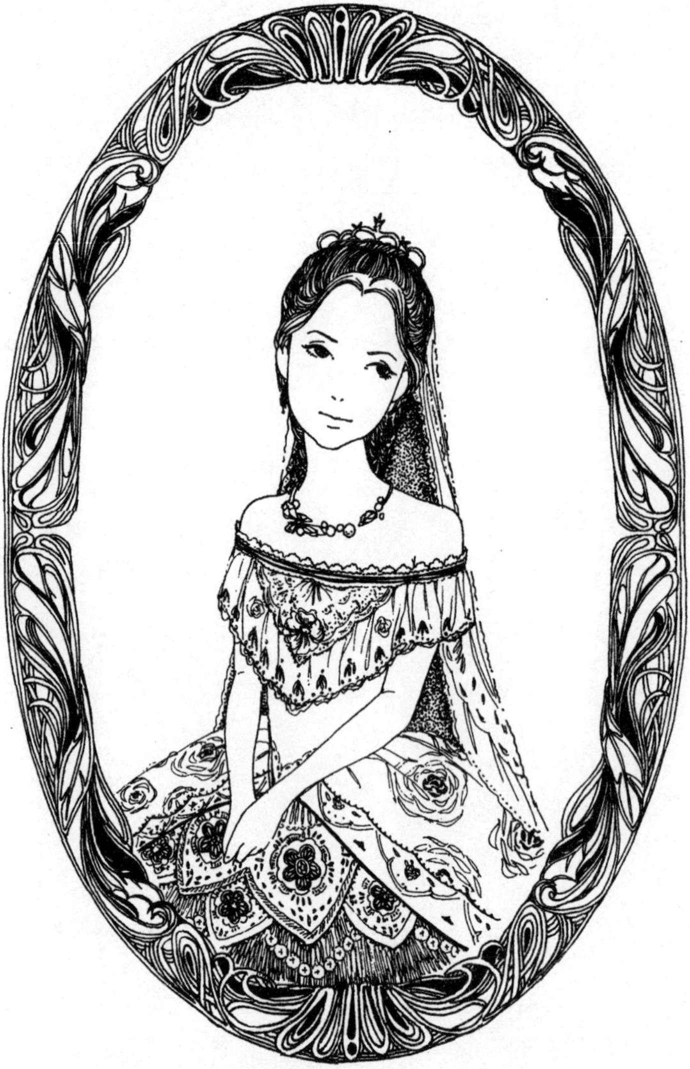

刚孕育的小生命。她在这儿,就像一朵娇嫩脆弱的玫瑰花蕾,她睁开眼睛惊奇地打量这个世界,只要看着她,我就忘记了所有的痛苦。她在这儿,我婆婆过来拥抱我们三个人。她在这儿,她不知道她一出生就注定成为公爵夫人,她挥动着小手臂,就像花儿绽放一样,弗兰茨-约瑟夫十分激动,他送给我一个手镯,我把他的一缕头发和我们女儿的一缕头发绞在一起,放在手镯里,他经常从书房过来看我们。她在这儿,维也纳所有的教堂都鸣钟感谢上帝。

茜茜（照片摄于1865年至1870年间）

想知道更多

他们后来怎么样了？

茜茜皇后是由她那位信奉自由主义的父亲抚养长大的，一直试图挣脱身份的桎梏，就像她的弟弟查理·特奥多尔一样，这位巴伐利亚公爵后来成为了一名眼科医生。因而，她努力抗争，希望对她四个孩子——苏菲、吉赛尔、鲁道夫和玛丽-瓦莱丽的教育施加影响。1868年，当弗兰茨-约瑟夫在萨多瓦战役中遭受惨败时，茜茜坚持亲自照顾伤员。茜茜对于匈牙利的复兴起到了无可否认的作用，正是她的努力使得匈牙利成为奥匈帝国中拥有自主权的国家。她的一生经历了十分艰难的考验：女儿苏菲夭折，接着唯一的儿子也离开人世。尽管她身上有为人诟病的地方：对周围亲近的人态度严厉苛刻，生活阔绰奢侈，但她对她的家人一直怀着深沉浓厚的情感，尤其对她的姐姐海伦感情甚笃（后者于1873年结婚），并且其丈夫弗兰茨-约瑟夫皇帝对她的爱一生不变。1898年9月10日,当皇帝得知她被刺杀的消息时,大声说道:"没有人知道我们有多么相爱。"

茜茜穿着在匈牙利加冕时的盛装（1867年）

弗兰茨-约瑟夫皇帝（1866年）

19世纪的欧洲

不拒绝国王的求婚

19世纪中期，一位出身于贵族家庭的年轻女孩的命运是被设计好的：她必须尽可能嫁入身份显赫的夫家，并且生很多孩子，为她的丈夫延续家族血脉，继承尊贵的姓氏。将女儿嫁出去是母亲们的责任。茜茜的婚姻是由两姐妹卢多薇卡和苏菲——她的母亲和姨母，巴伐利亚国王的两个女儿——策划成功的。这桩婚事巩固了欧洲最尊贵的家族哈布斯堡家族与巴伐利亚的维特尔巴赫家族之间的联盟关系。

哈布斯堡家族在首都维也纳周围，极富耐心地聚集起了一个庞大的帝国，而这一成就大部分是通过家族联姻而不是靠领土征服来实现的。诚如哈布斯堡家族的格言所说："你啊，幸福的奥地利，结婚去吧。"

维特尔巴赫家族的实力远逊于哈布斯堡家族，它分为两支：长子一支统治巴伐利亚，于1805年建立巴伐利亚王国，次子一支——也就是茜茜所在的家庭——历代世袭巴伐利亚公爵的爵位。

这些家庭是执政王朝的皇室家庭，他们之间的通婚都是政治联姻：要经过巴伐利亚国王和教皇的准许和同意。女子一旦结婚，就不能再依恋父母了，而要为新家庭的利益尽心尽力。

谁将统一德意志？

弗兰茨-约瑟夫皇帝于1848年12月2日继承皇位。新婚燕尔的他立刻着手解决错综复杂的政治问题。

长久以来，各个德语文化国家组成了一个整体——日耳曼民族神圣罗马帝国，其开国皇帝是查理曼大帝。哈布斯堡家族一直统治着这一帝国。

然而，自18世纪末开始，出现了一个新的竞争者：普鲁士王国，它正在谋求联合各个德语国家。于是斗争就开始了：究竟谁能创造一个统一的德意志国家，普鲁士还是奥地利？奥地利的武器是家族联姻。茜茜和弗兰茨-约瑟夫的婚姻就将奥地利和巴伐利亚这个南方主要德语国家之一结成了同盟。但是战争依然不可避免。他们结婚之后几年，奥地利就在竞争中落败了。1871年，普鲁士最终建立了德意志帝国。

多民族的帝国？

另一个问题是，整个欧洲的局势因法国大革命而陷入了混乱。当然，拿破仑于1815年被打败，而胜利者奥地利、普鲁士、俄国和英国——结成神圣同盟的国家——则联合起来镇压任何新的革命苗头。奥地利皇室——茜茜的夫家——是一种十分古老的权力形式的象征，即通过军队、警察和教会来实现统治的君主专政，就像俄国一样。

然而，这一时期在民众中存在一种理念：说同一种语言的民族可以组成独立的国家。彼时，奥地利帝国统治着多个民族：奥地利人和最大的少数民族匈牙利人加在一起，也还不到全部人口的大多数。1848年，所谓"人民的春天"的潮流席卷了整个欧洲。欧洲大地上到处都爆发了革命，民众试图脱离各个王国和帝国的统治，争取更多的自由以及建立独立国家的权利。尽管这些革命都遭到了血腥镇压——这也是年轻的皇帝弗兰茨必须完成的第一个任务——然而独立自由的思想并未消失，反而一天天愈加强烈起来。

欧洲的盟友？

1848年，为了对抗革命，各个君主专制国家和帝国似乎再一次结成了同盟，就像1815年时一样。俄国皇帝就曾派军队到匈牙利镇压革命。然而，当俄国想要征服黑海地区的领土时，法国和英国却和奥斯曼帝国结成了同盟，共同对抗俄国的进攻，奥地利也听之任之，将其盟友俄国弃之不顾。最终，尼古拉一世在克里米亚战争（1854—1856）中落败。

变化中的世界

从表面上看，这些政治事件只不过延续了自中世纪以来欧洲连续不断的战争，然而，世界已经经历了深刻的变化。在这一时期，火车迅猛发展，医学取得了长足进步，工厂林立，电报被广泛使用，居民的生活条件得到了很大改善，例如开始使用抽水马桶。以农业开垦为主要收入的富裕家族遭到了通过银行、贸易、工业、造船以及机器制造发家的那些新兴家族的挑战。艺术家们用诗歌、戏剧、歌剧、文学等多种形式描述了这个世界的变化。联姻战略，以及统治家族之间的关系已经不足以维持欧洲秩序的稳定，新崛起的力量正在挑战弗兰茨-约瑟夫试图拯救的绝对军权的统治模式。

一个独特的宫廷

这个极为僵化专制的君主宫廷似乎已经无法适应正在变化中的世界了。年轻的皇后必须正式告别她幼时生活的方方面面：她的服饰、她的朋友、她的兴趣爱好。她必须完完全全地遵守一种古老又过时的公约，在公众面前甚至在私下里也要将自己的情绪和情感隐藏起来。这一传统由来已久，茜茜的故事、她的青春和过早失去的无忧无虑的生活，和所有成为皇后的公主的故事十分相似，例如1770年嫁给法国王太子的年仅十五岁的玛丽-安托奈特。公主们幼时普遍受到家庭教师的特别看管，习惯于服从并在公众面前保持良好的形象，但是她们被允许跑步、游泳、骑马、和兄弟姐妹玩耍。

然而，茜茜的故事中却混杂了很多意想不到的因素：一个有点特立独行的家庭，一位爱好旅行、热衷于马戏、对礼节并不在意的父亲，与年轻的皇帝一见倾心，冷酷苛刻的婆婆，还有软弱的丈夫。

在这样的背景下，她那坚定的性格、对自由甚至孤独的向往、对诗歌的兴趣、对丈夫施行的专制政策的不认同都只能成为一种桎梏。她不得不采取一切办法反抗这种被囚禁、被扼杀的感觉。

茜茜亲历了这个新旧交替的世界，她试图永远做茜茜，而不是巴伐利亚的伊丽莎白、奥地利的皇后，而这都是徒劳的。

相关作品

值得一读的书

《茜茜——无政府主义的皇后》,卡特琳娜·克莱芒著,伽利马出版社

《茜茜的诗体日记》,费兰出版社

值得一看的电影

《茜茜公主》,恩斯特·马利施卡导演,罗密·施奈德、卡尔海因茨·伯姆主演

值得一去的地方

波森霍芬城堡,位于慕尼黑近郊、斯塔恩伯格湖边。公园对公众开放。

美泉宫,在维也纳,可以参观茜茜和弗兰茨-约瑟夫的房间。